KB075303

케네디와 율리시즈

케네디와 율리시즈

초판 1쇄 발행 2022년 02월 02일
초판 2쇄 발행 2024년 04월 11일

지은이 윤 준
펴낸이 류태연

펴낸곳 렛츠북
주소 서울시 마포구 양화로11길 42, 3층(서교동)
등록 2015년 05월 15일 제2018-000065호
전화 070-4786-4823 **팩스** 070-7610-2823
홈페이지 http://www.letsbook21.co.kr **이메일** letsbook2@naver.com
블로그 https://blog.naver.com/letsbook2 **인스타그램** @letsbook2

ISBN 979-11-6054-531-9 03810

Kennedy and Ulysses

케네디와 율리시즈

- 나의 아일랜드 이야기 -

尹埈 散文

우리와 너무 닮은 아일랜드의
가장 위대해지기 위하여 가장 고통스러웠던 서사

목차

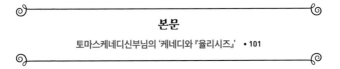

본문

토마스케네디신부님의 '케네디와 『율리시즈』' • 101

아일랜드식민사를 통합하여 비극을 희극으로 재창조하며, 전위적인 언어기법으로 해방문학을 예술의 차원으로 승화시킨 작가

에필로그

2022년 2월 2일 — 아일랜드 독립 100주년과 함께 『율리시즈』 출간 100주년을 기념하며

내 삶에 무던히도 주어졌던 아일랜드와의 깊은 인연을 통해 깨달은 것들이 있다. 첫째는 한국과 아일랜드가 여러모로 닮아 서로를 도울 수밖에 없는 관계라는 것이고, 둘째는 범인凡人이 『율리시즈』를 읽으면 험난한 자기극복의 서사를 통해 완전한 자기주권을 지닌 초인이 될 수 있다는 점이다. 이는 이 책을 집필한 동기가 되었다.

『율리시즈』의 후기식민주의 담론은 식민지배가 뿌려놓은 기득권층에 의해 큰 사고, 큰 싸움, 큰 질병, 큰 불행, 큰 가난 등을 부당하게 뒤집어써 크게 고통 받을 수밖에 없었던 서민들이 이제는 **'민족의 운명을 결정하는 큰 주체'**로 재탄생할 수 있음이다.

우리나라의 모든 제도와 구조도 기득권층이 서민들의 불행을 **경제적으로 즐기도록** 되어 있다. 이제는 이런 부조리한 **내부식민주의**를 그만 끝냈으면 하는 간절한 마음이다. 미래를 바꾸는 역사는 관념이 아니라 실천에 있다. 그 진정한 해방과 자유의 사유는 '토마스케네디 신부님과 『율리시즈』'에서 배운 것이다.

산문은 '**프롤로그 – 본문 – 에필로그**'로 **구성**되어 있다.

　　프롤로그는 **작가 내면에 존재하는 프로메테우스의 모놀로그라는 뜻이다**(Prologue means the monologue of Prometheus within me). 프로메테우스는 선지先知의 신神이다. 그래서 프롤로그는 미리 아는 당위성을 설명하여 독자로 하여금 본문 읽기라는 귀한 시공간 할애를 이끌어내야 한다.

　　'홀로 미리 깨달을 수 있는 덕'을 지닌 프로메테우스는 매우 저항적이고 진보적인 신이었다. 인간들에게 일방적으로 군림하는 제우스에게 불만을 가진 프로메테우스는 **인간해방**을 위해 신들의 지혜를 훔쳐 인간 세계에 전해 주려다가 제우스의 노여움을 사게 되어 코카서스山에 꽁꽁 묶여 독수리에게 간을 쪼이는 형벌을 3000년간이나 받게 된다. 그의 불굴의 의지와 고통을 교감하려면 아이스킬로스의 『결박된 프로메테우스』를 꼭 읽어보시기를 바란다.

　　프롤로그는 또한 자신의 굴곡진 삶에 대한 세상의 용서를 구하기 위한 저자의 **자기변론**이다. "제가 이렇게 저렇게 잘못

살아 마음에 죄가 들어 이제 깨달은 많은 것을 고백하오니, 독자님들이여! 다 읽어주신 후 용서하는 마음이 생기시면 저의 치료를 부탁드립니다." 그렇게 저자는 병자이며, 독자는 의사가 된다. 프롤로그는 환자가 입원 전의 예진, 혹은 죄인이 투옥 전에 작성하는 진술서와 같다. 그리고 '병들었으니 입원하고, 죄지었으니 수감되겠다'고 선언하는 것이다.

본문은 병들었던 주체를 글로 풀어냄으로 본격적인 치료가 이루어질 수 있는(문자로 다시 태어난) 시공간이다. 환자로서의 저자는 치료받기 위해 입원하게 된다. 의사로서의 독자는 '바른 진단을 위해 환자를 꼼꼼히 살피듯이' 독해하고, 능력대로 이해하고, 이해하는 만큼 환자를 치료한다.

병들지 아니하면 입원하지 않듯이, 마음이 아파보지 못한 사람은 글을 쓰지 않는다. 니체는 "글을 씀으로써 낡은 사람은 새 사람이 된다"고 했다. 예술가는 먼저 치유를 받기 위해 절박한 마음으로 영혼을 비틀어 작품을 만든다. 그리고 자신을 치유에 이르게 한 그 작품은 언젠가 때가 되면 세상을 치유하기도 한다.

본문은 입원 혹은 수감과정이지만, 해도 해도 더 이상의 치료법이 없거나 다 채웠다고 생각될 때 퇴원 혹은 출소하게 된다. 고통으로 깨달은 그 많은 지혜들이 다 치료제인데, 빨리 치유되지 못함은 병자로서 작가의 책임인 거다.

에필로그는 **저자 내면**에 여전히 남아 있는 **에피메테우스**의 **모놀로그**라는 뜻이다(Epilogue means the monologue of Epimetheus within me). 에피메테우스는 프로메테우스의 동생이다. 에피메테우스는 '늦게 깨닫는, 즉 남이 가르쳐 주어야 겨우 깨닫는 자(者)'라는 뜻이다. 이성적, 주체적, 능동적으로 지혜를 미리 알아내는 선지자인 형 프로메테우스의 지도자적 성향에 비해 동생 에피메테우스는 감성적, 객체적, 수동적, 종속적 성향들을 지닌다. 프로메테우스가 리더leader라면 에피메테우스는 팔로워follower이다.

에피메테우스는 형에 비해 지진아였지만 그래도 연애 감성과 여복을 타고났다. 형은 평생 독신이었지만, 에피메테우스는 판도라와 결혼했고 결국 부인의 비밀상자를 열어버리는 사고를 치고 만다. 그리 어리석었지만 에피메테우스도 신은 신이어서 그렇게 인류에게 '절망'을 던져주었지만 '희망'이라는 선물을 상자에 남겨놓았다.

의미적인 면에서 보면 **에필로그**는 저자가 주체적인 입장에서 잘난 척 나대며 글을 썼으나, 쓰고 나서 보니 결국 자신도 아는 게 별로 없고 남의 도움을 받아야 겨우 지력을 유지할 수 있는 범부였음을 자인하고, 그래도 글을 쓰고 보니 더 채워야 할 여백이 여전히 큼을 알아, 앞으로도 더 많이 읽고 더 좋은 글을 쓰겠다고 다짐하는 **공간**이다.

다시 말하면 저자가 이제까지 마치 선지자의 혜안이 있는 척했지만, 실제로는 한참을 뒤진 후지자後知者였음을 자인하며 앞으로 진정한 프로메테우스를 조금씩 더 가슴에 담아내는 삶을 살겠으며 모자람은 상대적 존재로서의 '인간적 부족함'으로 이해해 달라고 용서를 구함이다.

또한, 에필로그는 저자가 독자들의 치료 덕에 치유를 받았다고 가정하고, 퇴원 후 치유의 느낌을 고백하는 것이다. 죄인이 출소 후에 향후 '어떻게 더 바르게 살겠다'라고 하는 희망적 선언이기도 하다. 그러나 치료는 인간이 하지만 궁극적인 전일성의 치유는 하늘이 하는 것이기에, 치료받는다고 해서 반드시 다 치유로 이어지지는 않는다. 마음의 병과 죄는 계속해서 생기는 것이다. 그래도 시공간의 유한함은 엄연한 현실이므로 의사와 환자는 언젠가 헤어져야 한다. 서로 다른 모습을 하고 재회하기를 기원하면서, 마치 모든 게 다 영원히 회귀하듯이 말이다.

에필로그는 그렇게 결국 찌질한 후지의 신임이 밝혀진 에피메테우스가 지혜로운 형 프로메테우스를 닮기 위해 진실한 노력을 다하겠다고 선언하는 공간이기도 하다. 프롤로그에는 고통이, 에필로그에는 절망을 넘어서는 희망이 담겨있다. 그게 형제의 진정한 존재 의미이다. 형과 동생이 합쳐지면 또 다른 형이 탄생하듯이, 하나의 '프롤로그+에필로그'는 또 다른 프롤로그를 낳는다. 그렇게 세상의 담화는 차이를 보이며 끝없이 생성되는 것이라, 자크데리다의 '차연 이론'과도 유사하다. 상대진리는 또 하나의 상대진리를 낳으며 끝없이 절대진리로 접근해가지만 영원히 도달할 수는 없다. 절대진리에는 도달이 불가능하기에 세상에는 전이적 단계로서 인간이 존재하는 것이다.

형식적인 면에서 보면 **에필로그**는 독자들에게 자신이 지은 빈사의 악문을 완독해주셔서 감사하다는 뜻도 전하고, 저자는 독자보다 늦게나마 새사람도 되고 치유도 조금 되었으니 미래에는 어떻게 더 모자란 삶을 채우겠다는 의지를 표하는 공간이다. 더 나은 모습으로의 재회를 위한 작별의 의식인 것이다. 그렇게 진솔한 에필로그는 영원회귀의 과정을 거친 후 또 다른 프롤로그로 이어진다.

사람은 시련을 통해서만 배움을 얻는다.

잠자는 동안에도,

결코 나를 잊을 수 없는 고통이 찾아와

심장으로 한 방울씩 뚝뚝 떨어진다.

그리곤 절망 속에서,

우리의 의지엔 반하지만

신의 놀라운 은총에 의해

지혜가 우리에게 전해진다.

- 아이스킬로스, 그리스 비극작가 -

프롤로그

나의 아일랜드 이야기

"What is past is just a prologue."

- 어느 영화 중에서 -

"역사는 깨어나야 할 악몽이다."

- 『율리시즈』 중에서 -

　의료인으로서 내 평생의 사유는 고통과 치유에 집중되었다. 어느 고통은 합당한 치유를 필요로 했고, 그렇게 관계 맺어진 하나의 '고통 + 치유' 커플은 새롭게 의미화가 되어 또 다른 고통을 낳는다. 그 새로운 고통은 또 다른 치유를 필요로 하길 반복한다. 고통은 그런 식으로 계속해서 차이를 보이며 새롭게 태어난다. 옛 고통이 사라지지 않고 모양을 바꾸어서 세상을 돌고 돎이 마치 모든 오랜 것이 사라지면 새 것이 찾아옴으로 보이는 것이다.

　나의 프롤로그는 어린 시절 여러 불충에 대한 형벌과 여러 다른 트라우마를 자기치유하며 깨달은 것들이다. 인생은 자아 ego가 자기self를 찾아가는 ― 작은 존재 좌표를 이탈하여 더 큰 좌표로 향하는 ― 과정이라지만, 너무나도 제도화된 자아를 치열하게 자기화하는 과정에서 너무 많은 실수와 잘못을 저지르고 말았다. 삶의 기본 테로부터의 도약은 기본적으로 독서와 여행을 통해서 이루어졌지만, 그래도 나는 어쩔 수 없이 인간 그 자체였다.

그래서 결국 용서를 구하기 위한 자기변명 — 아일랜드性에 엄습 당해 옴짝달싹 못 해온 영혼의 넋두리 — 이다. 본래 아일랜드性의 본질은 '산만하고 유려하지 못함'을 말한다. '아일랜드인은 마음이 어디로 튈지 몰라 정신분석이 불가능하다'라는 프로이트의 '아일랜드이론'도 있다. 고요, 격정, 익살, 음울, 생기발랄, 멜랑콜리아, 자조, 희망…. 이 모든 파토스가 아일랜드인들의 영혼에 균등하게 녹아있으며, 아일랜드는 여전히 창조를 위한 혼돈 속에 휩싸여 있다.

나의 터널은 너무 낮고, 어둡고, 길고, 험하게 구부러져 있었다. 주어진 필연을 어쩔 수 없는 생生의 신산으로 알아 천신만고 끝에 동굴을 빠져나왔다고 생각했지만, 세상은 너무 어두워서 안인지 바깥인지 구분할 수가 없다. 그런데 하필 왜 내가 아일랜드에 낚였는지? 다음과 같은 판타지로 추론할 뿐이다.

첫 번째 불복종 – 만취로 시작한 존재의 휘청거림

서머셋모엄의 『달과 6펜스』에는 범부의 영혼에 섬광을 때리는 구절이 있다.

"사람은 자기가 태어날 곳이 아닌 데서 잘못 태어나기도 한다. 비록 우연성에 의해 예기치 않은 장소에 던져졌지만, 그래도 존재는 늘 어딘지 모를 진짜 고향에 대한 아련한 노스탤지어를 지니며 산다. 여태껏 살아왔고 또한 앞으로도 살아가야 할 곳에선 영원한 이방인일 뿐이다.

그래서 언젠가 때가 되면 긴 여행을 떠나 방랑하고는 마침내 몸과 마음의 경이로운 평화를 느끼며 영원히 사랑할 수 있는 대지를 발견하게 된다. 그곳이 그의 본래 예정된 고향이다."

삶은 한 번의 기회이다. 삶에는 기대되는 대가에 상응하는 책무가 미리 주어진다. 권리보다 의무가 먼저인 거다(그런데 많은 사람들이 권리를 먼저 챙기다가 행복을 잃는다). 천국의 행정은 몹시도 냉철하여 각 영혼에 합당하는 '삶이 주어졌을 때가 되면 반드시 해야 할 일'이 정확하게 부여된다. 개별화된 숙제 같은 것이라 과제의 내용은 80억 인구만큼 다 다르니 이념도 다를 수밖에 없다.

　그렇게 주어진 의무에 맞게 모든 인간은 각자의 고유 분야에서 한가지씩은 선천적인 천재성을 가지고 태어난다. 하지만 만약 과도하게 현실화된 삶만 좇으며 남을 전적으로 따라만 하는 '시공간의 대단한 낭비'를 한다면 재능은 발화하지도 못한 채 쇠멸해버리고 만다.

　악마적 모방은 천사적 창조를 위한 필연적 예비과정일 뿐이다. '따라 하기'가 그 자체로 끝나서는 무의미하며 세상은 사악해진다. 창작은 순응의 단계를 힘겹게 통과한 이후, 저항의 결과물이어야 한다. 순응의 지혜가 결여된 충돌은 저항이 아니라 반항이다. 저항은 분화를 통해서 궁극적으로 세상을 통합시키지만, 반항은 분열을 통해 세상을 병들게 한다(예를 들어 1789년의 프랑스 민중혁명은 저항이었지만, 어느 미개국의 군사반란은 '온전히 흐르는 강江'과 같은 질서에 대한 양아치 같은 반항이었다). 분열의 후유증은 오랜 세월 동안 치유되지 못하는 병증이 된다.

　삶은 태양계의 가장 아름다운 행성에서 보낼 수 있는 단 한 번의 기회였기에 더 소중했다. 내게 주어진 과제는 아일랜드의 농군이 되어 '천하지대본天下之大本'을 가장 잘 실천하는 것이었다. 이데아의 영혼이 약간 육화되어 하늘로부터 날아올 때, 아인슈타인이 발견한 절대상수를 준수하며 대기권에 진입할 때 발생하는 고열을 피해, 기존의 모든 의식은 순식간에 잠재의식으로 전이된다. 이는 대뇌피질의 세포들이 열에 취약하기 때문에 필수적인 기억들과 프로그램들을 보존하기 위한 기전이다. 하지만 겉보기에 그건 망각(그리스신화의 레떼강을 건널 때 통과의례로 먹어야 하는 죽의 효능으로 모든 기억이 제거되는 것)이었다. 정확히 말하면 없어지는 것은 아니고 숨어버리는 것이다. 그래서 아기는 영육이 자라나면서 그 잃어버린 기억들을 찾아 부단히 헤매고, 방황하고, 싸우고, 공부한다.

마치 마르셀프루스트가 했던 것처럼 유성의 무의미한 조각들처럼 흩뿌려졌던 자기의 셀 수 없는 편린들을 한데 엮어내어 '되찾은 시간'으로 재창조해기 위해서는 물리법칙에 저항하여 무의지적으로 기억을 꺼내어 의식으로 만들어내는 지난한 노력이 필요한 것이다. 제도화되어 억압적인 질서에 순응만 하면 인생에서 아무런 새로운 것을 얻을 수 없고 단지 생물학적 의무만을 이행하게 된다.

창조 전前 단계의 필연적 혼돈, 그로 인한 고통, 새로운 세계로 향하는 저항의 항해 — 이런 불순한 것들은 다 예술가가 혁명을 위해 떠안아야 할 고난의 짐이다. 예술은 혁명이어야 하고, 혁명은 예술이어야 한다. 윤기 없는 세속 공식들만 잘 외우고 따라 하면 수재라고 촉망받으며, 선물로 '더 없이 등 따습고 배부른' 인생이 주어진다.

자기 내면의 '찰스스트릭랜드*'를 죽이면 더할 나위 없이 훌륭한 배우자로 탄탄한 인생이 보장되지만, 이데아를 향한 억압된 노스탤지어를 뇌리로 끄집어내면 불순분자의 누명을 쓰고 생존 자체가 위협을 받게 된다. 보편과 특수, 모두 다 인생의 기본 범주이다. 보편은 순응의 결과이고, 특수는 저항의 산물이다. 우리는 그 둘 다를 구하기 위해 죄인의 자격으로 이 세상으로 귀양을 온 것이다.

지구로 떠나기 전, 하늘에서는 매일같이 향연이 이어졌다. 과음이 일상화되면 이성은 혼미해진다. 하늘의 술은 다 spirit 이지만 별리가 아쉬워 매일 처마시는 단계에 이르다 보니 섬세해야 했던 지각이 마비되고 말았다. 영혼도 대기권에 진입할 때는 각도를 잘 맞추어야 한다. 잘못하면 공기층의 저항에 퉁겨 나가서 다시는 지구로 귀환을 못 하거나, 예정지가 아닌 곳으로 떨어지게 된다. 하지만 만취해본 영혼들은 그게 얼마나 어려운 일임을 안다.

---

* 『달과 6펜스』의 주인공. 런던에서 증권 중개인으로 잘 나가다가 갑자기 때려치우고, 화가가 되기 위하여 파리로 떠난다. 20세기 최고화가 폴고갱이 실제 모델.

나는 견고한 성층권에 다다를 때까지도 심히 취해있었고 진입각을 잘못 정하는 실수를 범하고 말았다. 더 중요한 것은 그 고귀한 회귀의 순간에 잘못을 저지르고도 모르고 있었다는 사실이다. 존재 말종의 둔중한 죄를 또 짓고 말아버린 것이다. 다행히 우주 미아가 되지는 않았고 예정된 방향보다 동방으로 튀었다. 옛 고구려는 발전이 열악하여 밤의 코리아반도는 이렇게 남부만 보인다. 자세히 보면 좀 다르지만 만취하면 인지 능이 떨어지게 마련이라. 나는 코리아 남부가 아일랜드인 줄 착각하고 안착하고 말았다.

아일랜드 지도 = 남한 지도

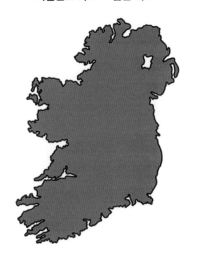

두 아일랜드계가 만든 비틀즈, 존레넌은 율리시즈의 시작점에서 혼인식을 올렸다

태어난 다음 달, 비틀즈는 뉴욕을 처음 방문했다. 그들은 요즘 BTS만큼 폭발적인 인기를 누렸다. 리버풀에서 온 시골 소년들은 대체 어떤 미지의 포스를 받아 순식간에 미국 전역을 술렁이게 했을까? 당시 미국이 많이 우울했기 때문에 상승무드를 타기가 쉬웠을까?

대기근 때 아일랜드인들은 아사를 피해 가까운 리버풀로 가장 많이 이민을 떠났다. 그래서 현재 리버풀 인구의 절반이 아일랜드계이다. 비틀즈 멤버 중 폴매카트니와 존레넌의 심혈관에는 아일랜드의 심오한 피가 흐른다. 그 둘은 늘 싸웠고 결국 비틀즈를 해체에 이르게 했다. 켈트인들은 어딜 가나 티격태격한다. 사랑싸움은 발전의 모티브니까.

레넌은 'The Luck of the Irish', 'Sunday bloody Sunday', 매카트니는 'Give Ireland back to the Irish'라는 노래를 자작해 불렀다. 모두 다 탈식민주의 성향이 강한 곡들이다. 비틀즈 곡 중에서 제일 가슴을 헤집는 노래는 폴매카트니의 'The long and winding road멀고 험한 길'인데, 유치원 시절 처음 듣고는 내 인생이 얼마나 멀고 힘들지 막연한 상상을 했다.

　그때 베트남에선 자칭 십자군이 양민을 빨갱이로 뒤집어씌워 마구 죽이는 초대형 참극이 매일같이 전개되었고, 급기야 베트남전쟁 최대 양민학살은 1968년 3월 16일 밀라이에서 터졌다. 미군의 한 소대는 마을로 들어가 죄 없는 양민 540여 명을 아무런 죄의식 없이 집단 살해했는데, 피해자의 상당수는 임산부, 어린이, 노인들이었다. 이 전쟁범죄를 고발하는 양식으로 존레넌과 오노요코는 밀라이사건 1년 후인 1969년 3월 16일 제국주의의 상징이자 『율리시즈』의 출발점인 지브롤터*에서 혼인식을 열었다. .

　세기의 아방가르드 커플 '존레넌과 오노요코'는 함께 평화로운 여생을 보내기 위해 서부 아일랜드 웨스트포트 해안가에

---

* 스페인의 영국땅 지브롤터는 제국과 식민주의의 상징이다. - 고대 그리스인들에겐 지중해까지만 세상이었고, 애틀랜타는 세상을 넘어서는 바다였다. 그래서 지브롤터에 헤라클레스의 기둥을 세웠다. 이후 지브롤터는 세계지배의 상징이 되었다. 한니발의 코끼리부대는 지브롤터를 통해 로마제국을 침공했지만 카르타고가 포에니 전쟁에서 패함에 따라 결국 지브롤터의 소유권이 로마제국으로 넘어갔다. 8세기 무어족도 지브롤터 강점을 시작으로 이베리아반도를 식민화하기 시작했다. 스페인의 무적함대가 칼레해전에서 영국함대에 대패하면서 지브롤터는 현재까지 영국령이다. 『율리시즈』의 주인공 부인은 지브롤터 주둔 영국군의 딸이며, 소설은 지브롤터의 좋았던 시절의 회상으로 시작한다. 『율리시즈』의 주제는 후기식민주의이고, 지브롤터는 그 미래담론의 단초를 제공하는 장소이다.

있는 작은 무인도 도리니시Dorinish섬을 매입했다. 모든 사람들에게 자신이 아일랜드인이라는 사실을 알리는 환유적 퍼포먼스였다. 하지만 실제로 그 섬에서 살지는 못했는데 이유는 베트남비극이 커져만 가는 상황에서 작은 무인도에 안일하게 정주하기에는 레넌이 너무 젊기도 했고, 실천적 예술인으로서의 끔찍한 직무유기라고 생각했기 때문이다.

그리스비극처럼 베트남전쟁의 의의도 데탕트의 도래였다. 이념의 빙하기는 포스트모더니티의 햇볕으로 해빙기를 맞이하였고 탈식민주의도 더 자극되었다. 자아도 깊고 멋진 제인 폰다는 북베트남을 방문하여 서방 세계를 실신시켰다. 그러다가 1975년 4월 30일 베트남은 스스로의 힘으로 통일과 독립을 맞이했다. 존레넌의 '반전 평화의 꿈' 하나는 이루어졌고, 이후 그의 관심은 북아일랜드해방으로 전이되었다.

첫 번째 트라우마 – 베트남전쟁

한국전쟁이 일본을 부흥시킨 것처럼 베트남전쟁은 우리에게 경제적 급성장을 가져다주었다. 하지만 모든 이득의 반면에는 상응하는 마魔가 끼어 있는 법이다(이는 미신이 아니고 물리학적 원리임). 거저라고 생각될수록, 그로 인해 오랫동안 알게 모르게 번민할 수밖에 없다. 더군다나 하늘은 서두르지 않고 천천히 간접화법과 완곡어법을 구사하기에 자신에게 몰아치는 고통의 원인은 모호하다. 하늘의 의지를 알아내는 것도 참된 신앙의 일부분인데, 종교보국의 신민들은 자신들이 당하고 잃은 것에만 분노할 뿐 어느 한때 불의를 부과하여 얻은 것에는 무념할 때가 많다.

60년대 말! 체게바라가 죽자 그가 불붙인 진보의 도화선은 전 세계로 퍼져 나갔으며, 68혁명과 함께 데탕트의 뜨거운 물결이 냉전을 덮쳤다. 하지만 "신성한 강은 거꾸로 흐른다"는 에라스무스신부의 말씀에 따라 '신성한 한반도'도 역사를 거슬렀다. 사살된 베트공들의 숫자가 매일 세세히 보도되고, 무장공비의 시신들이 여과 없이 생중계되는 — 냉전시대의 열전이 죄 없는 두 반도에서 벌어지는 ― 그 끔찍했던 시간! 너무나 어린 나이에 '죽음'이라는 화두가 여린 대뇌피질에 똬리를 틀고 말았다. 이후 생로병사의 고통은 모든 사유의 엄청나고 괴로운 주제가 되었다. 유치원생의 화두가 고타마싯다르타와 같아지다니! 나는 이불을 뒤집어쓰고 매일 밤을 흑흑대었다. 많이 살아보지도 않은 것이 채울 삶보다 비워낼 죽음 때문에 번민하다니?

상대의 세상에 무작위로 던져진 필멸의 존재와 절대의 세상을 강고하게 누리는 불멸의 존재와의 처절한 대화는 아마도 그때부터 시작되었으리라.

두 번째 불복종 – 법학교를 거부하고 의학교를 선택하다

유신 때 해직기자 출신이셨던 담임선생님은 나에겐 키딩선생님*이셨다. 그분은 국어를 가르치셨는데 늘 '앞서가는 생각'의 중요성을 강조하셨고, 그러기 위해서 책을 많이 읽으라고 말씀하셨다. 未분화 시절의 안일함은 사유가 싹트는 봄날의 질풍노도를 훌쩍 건너뛰게 했지만, 달이 차서 찾아온 선택과 분화의 시기에 담임선생님께서는 '너는 내성적인 문과체질이니 법을 공부해서 조용히 정의로운 세상을 만들어보라'고 조언해주셨다. 하지만 복종하지 않았다. 내성적이면 문과를 해야 하고, 외향적이면 이과를 해야 한다는 이분법적 도식엔 도저히 마음이 가닿질 않았다.

천성이 내성적인 사람은 외향적 학문을 더 공부해야 하고, 동양인은 서양의 가치를 더 익혀야 함이 상보성의 원리다. 헤르만헤세가 『동방순례』를 쓴 의도는 – 모든 존재들은 너무도 편협하며, 전일성을 얻으려면 상보성을 추구해야 함을 세상에

---

* 영화 '죽은 시인의 사회'에서 학생들에게 '높고 깊고 자유로운' 사유의 중요성을 가르치는 선생님.

전하기 위해서였다. 어떻게 획일성에 집착함으로써 광대한 것을 얻을 수 있다는 말인가? 나는 내향성에 삶을 더 매몰시켰다가는 영혼이 질식해서 죽을 것 같았다. 난 외적인 가치로 보상받아 외향적인 성격의 가면을 쓰고 살기로 결심했다. 적극적으로 밝고 명랑하게 떠들며 살고 싶었다. 그리고 나는 몇 년 전에 일어난 그 잔혹한 사법살인들을 생생히 기억하고 있었다. '전체주의 시류에 편승해 부당한 방법으로 사람들을 죽음에 이르게 하고 권력을 쌓아가는 사법체계가 어찌 세상의 정의로움에 기여한단 말인가?' 이렇게 단순하게 인식했고, 너무 쉽게 결론 내렸다. '사람 죽이는 일보다 사람 살리는 일을 해야 한다. 그게 진짜 정의다.'

하지만 '의업'이라는 것이 얼마나 마음이 피고름으로 범벅되는 일인지 그때는 몰랐다. 미리 알았더라면 절대로 이 길을 가지는 않았을 것이다. 얼마나 바보 같은 착각이었나? 인생의 아무런 경험도 없던 게 예단을 잘못해도 한참을 잘못했던 것이다. 은사님께선 나의 결정을 매우 안타깝게 생각하셨다. 하지만 이미 수구화된 나의 고집은 나도 못 꺾는다. 그래도 나는 '깊은 생각을 놓지 말고 살라'는 선생님의 충고만큼은 잘 지키려고 노력했다.

물론 법학교건 의학교건 입학에로의 과정은 매우 험난했다.

행렬과 고등미적분은 정말 쳐다보기도 싫었다. 하지만 광주의 선량한 시민들이 흘려야 했던 순혈로 권력을 거머쥔 어떤 위정자가 대입본고사와 과외를 없애고 대입정원을 많이 늘리는 바람에 쉽게 꿈을 이룰 수 있었다. 그로 인해 수많은 강사들은 졸지에 실업자가 되기도 했다. 타인의 고통에는 어떠한 관심도, 배려도 없던 잔인한 시대였다. 신권력은 자신들의 탐욕을 더 채우고 오래 간직하기 위해서 사회의 규칙을 제멋대로 바꿔나갔다.

'헤세'로 다시 시작한 시간여행

청소년 시절엔 가련한 육체와 빈한한 영혼에 어쩔 수 없이 존재를 문자에 물들였다. '물질이 적으니 정신이라도 추구하자!' 그렇게 독서로 멀고 험한 시간여행을 떠날 수밖에 없었고, 시간이 여무는 창연한 가을이 언제나 좋았다.

헤르만헤세의 『**수레바퀴 밑에서**』는 겉은 질풍노도였지만 속은 청순가련한 영혼을 가리가리 찢어버렸다. 언젠가 한스기베란트가 겪었을 고뇌와 냇물의 고요한 흐름에라도 존재가 고꾸라질 수밖에 없는 운명이 삶으로 스며들었다.

토마스하디의 『**더버빌가의 테스**』는 운명의 폭풍을 맞아 현실에 결박당한 지고지순한 존재에게 내려지는 비참함을 전해주었다. 왜 영혼이 순수할수록 상처는 더 깊을 수밖에 없을까?

에리히레마르크의 『**서부전선 이상 없다**』는 권력에 걸신들린 기득권들을 위해 전쟁터에 대리로 끌려나가 부질없이 희생되는 꽃다운 존재들의 무망함을 통해 반전 사상을 가르쳐주었다. 모든 탐욕과 권력은 결국 다 죽음으로 이어졌다.

소설을 읽을수록 영혼의 고통이 더해졌다. 나는 잠시 그게 싫었다. 왜 힘들게 책을 읽고는 더 아파야 하는가? 삶은 기뻐하자고 사는 거다. 그래서 나는 서머셋모엄의 『**서밍 업**』을 읽다가 다시는 허튼 책을 읽지 않겠다고 다짐하며 절독을 선언할까도 했다. 불필요한 고통을 끊어내고 싶었기 때문이다. 달보다는 6펜스가 더 예리하게 가슴을 파고들었다. 그리고는 현실과 가시적인 미래를 위해 공부로 매진했다.

존레넌의 죽음

1980년 초겨울에 비틀즈 고향 리버풀의 딸기골이 뉴욕 센트럴파크에 재현되었다. Lennon's Strawberry Field for R.I.P. 범인은 광적인 팬이라는데 『호밀밭의 파수꾼』을 읽고 정교하게 세뇌된 patsy라는 설도 있다. 아일랜드인들은 평화를 사랑하는 이유로 죽어야 한다는데, 그도 역시 어쩔 수 없이 자기한계를 극복하지 못한 것인가? 레넌의 죽음은 JFK, 말콤X, 체게바라, 마틴루터킹 2세, RFK…. 이들의 연장선상에 있지 않은가 하는 섬뜩함이 들었다.

그의 마지막 앨범이 Starting Over라는데 무슨 출발을 꿈꾸었을까? 결국 아일랜드의 도리니시섬은 영원한 무인도로 남았다. 가끔 전위예술가들의 행위공간으로 쓰이기도 한다. 오노요코는 그 섬을 팔았다. 여성은 이상적이지만 여자는 현실적이다. 여성은 이데아의 속성이지만 여자는 현상계에 속하기 때문이다. 여성과 여자는 다르다.

아일랜드계 스코틀랜드 작가 - A.J.크로닌의 선종

1981년 1월 6일 에피파니아Epiphania*에 『성채』, 『두 세계에서의 모험』, 『천국의 열쇠』의 작가 A. J. 크로닌이 선종했다. 그날은 내 17번째 생일이었기에 무의지적 기억조차도 몹시 선명하다.

크로닌은 아일랜드계 스코틀랜드인이었다. 아빠가 아일랜드 천주교도, 엄마는 스코틀랜드 장로교도였지만 집안에서는 바깥세상의 피비린내 휘날리는 종교 분쟁이 없었다. 진정 마음이 가난한 그리스도인들이었기 때문이다. 부친을 일찍 여의었지만, 외갓집에서도 그는 모친의 심려로 외톨이라도 가톨릭교도로 성장할 수 있었다. 크로닌은 가난을 디디고 의사가 되어 성공하지만, 곧 심신 탈진에 의한 십이지장궤양으로 의업을 쉬게 된다. 그리곤 살면서 그에게 스침이 되었던 낱말들을 조화롭게 재조합하여 전일성을 부여하기 시작했다. 치유의 대상을 개인에서 세상으로 바꾼 것이다.

---

* 동방 현자 세 분이 아기 예수를 알현한 날

크로닌에게는 세 가지 꿈이 있었다. 공동체정신에 충실한 **의사**. 유려한 필치의 **작가**, 하늘의 뜻을 가장 따르는 **신부**. 한 인생에 세 가지 꿈을 온전히 이루는 것은 지난했지만 그는 초인적 정신으로 그 일을 해내었다. 의사와 작가는 현실 속에서 해내었고, 자신의 영성적 페르소나를 통해 참된 성직자의 이야기를 글로 그려냈다.

만약 그가 고소득을 등진 후 완행열차 삼등칸에 혈혈단신을 싣고 고향 스코틀랜드를 떠나 온종일 부슬비가 제법 세차게 추적대는 웨일스의 작은 탄광마을 어벨라러우의 진료소에 도착해 광부들을 치료함으로써 자신의 의업을 시작하지 않았더라면, 그의 위대함이 가능했을까?

그가 헌신과 희생의 가치로 자신의 업을 채웠기에 어느 날 자신의 분신인 닥터 안드레아맨슨이 참된 공공의료를 실천하기 위하여 도회지를 멀리 떠날 수 있었고, 자신도 작가가 되기 위해 런던을 멀리 떠날 수 있었다.

한 인생에서 그 어려운 일을 어찌 다 할 수 있었을까? 아일랜드인들은 아무도 꾸지 못했던 꿈을 잘 꾸고 또한 해낸다. 왜냐하면 그 일이 쉬움이 아닌 어려움의 영역이기 때문이다.

내 생애에 가장 큰 영향을 끼친 사람은 크로닌이다. 그분이 선종한 지 40년이 조금 못 되는 어느 겨울날, 스위스 몽트뢰의 작은 동네묘지에 있는 평온한 그분의 묘소를 참배했다. '의학과 문학! 두 세계에서의 모험에서 경이로운 성취를 남긴 예술가가 여기서 영면하다.' 마음은 미지의 에피타프를 그렇게 읽었다.

완전 독립을 염원하는 아일랜드 청년들의 단식투쟁과 순국

한국의 진정한 홀로서기가 남북통일인 것처럼, 아일랜드의 완전한 독립은 북아일랜드와 남아일랜드의 통일이다. 세계적으로 1968년은 진보와 수구 간의 갈등이 매우 역동적인 해였다. 베트남민족해방전선의 설날대공세, 베트남 밀라이마을 대학살, 마틴루터킹 목사 암살, 유럽의 68혁명, 로버트F.케네디 암살. 그리고 북아일랜드에서는 IRA 주도로 무장투쟁이 일어났다. 북아일랜드에서 피의 악순환은 30년이나 지속되었는데, 1998년 클린턴의 중재로 성聖금요일합의가 이루어지고 적대적인 양당의 대표에게 공동으로 노벨평화상이 주어진 후에야 겨우 북아일랜드의 대지에 평화의 기운이 스미기 시작했다.

뭐든지 잘 나누어 주어야 사이가 좋아지는 법이다. 하지만 분배는 권리의 차원이라, 권리보다 높은 의무를 더 먼저, 더 많이 하려 한다면 세상은 더욱 살기 좋아질 것이다. 권리경쟁은 존재의 하강을, 의무경쟁은 존재의 상승을 이끈다. 국가든 개인이든 존재의 위상이 높아지려면 의무를 먼저 생각해야 한다.

1980년 삼일절부터 벨파스트 메이즈감옥의 죄수들은 조국 독립에 목숨을 건 단식투쟁을 시작해서 어린이날까지 66일의 세계최장 단식기록을 세운다. 대영제국의 정치범 5명이 옥중 사망했다. 바비샌즈는 옥중에서 영국의 국회의원에 당선되었지만 '하데스'로의 길을 스스로 선택하여 영원한 아일랜드인이 되었다.

'가장 고통스럽기'는 모든 아일랜드인들의 숙명적인 의무이다. 가장 많이 고통스러울 민족에게 권리란 없고 의무만이 남아있는 것. 아일랜드에게 알량한 권리로 남아있는 것은 매일 만취할 수 있는 자유였다. 굶어죽기! 그것은 아일랜드인들만의 특기인지도 모른다. 왜냐하면 쉬운 일이 아니고 어려운 일이기에.

1980년대 중반 세계를 울린 미드,
가시나무새 The Thorn Birds

애틀랜타의 심연에서 오랜 세월 퍼져 나오는 아에올로스의 시련으로 황량해지다 못해 에메랄드빛을 띠게 된 섬의 전설에 의하면, 아일랜드에는 평생 한 번만 우는 새가 있다. 하지만 가장 슬프고 아름답게 울기 위해 죽기 바로 전에 단 한 번만 노래한다. 그러려고 평생을 날카로운 나무가시만을 일부러 찾아다니며 스스로 그 가시에 가슴을 찔린다. 마침내 찾아낸 가장 예리한 가시에 찔리는 고통을 노래하며 죽어갈 때, 온 세상은 그 슬프고 아름다운 가락에 전율하고, 하늘까지도 감동하여 하염없는 울음을 멈추지 않는다. 그래서 아직도 아일랜드엔 온종일 잿빛 구름이 부슬비를 흩뿌린다.

잉글랜드의 호국경 크롬웰이 저지른 '드로기다 대학살' 이후 아일랜드인의 영혼은 켈트전설의 가시나무새가 되어갔다. 살면서 가장 피하고 싶은 것은 고통이지만, 그들은 고통을 헤르메스의 목소리로 여겼다. 그들에게 '고통은 삶의 파괴자가 아니고, 하늘의 뜻을 전해주는 귀한 손님'이었다. 그래서 그들은 하릴없이 억울하게 죽어가면서도 아무에게도 되갚지 않았다. 그들은 점점 더 스스로 가장 많은 고통을 받고도 부족하다고 생각했다. 그 모자람의 여운은 아쉬움이 되고 누군가에게 전해져서 또 다른 미완의 삶을 채워나가게 했다. 그렇게 켈트의 정신유전자를 물려받은 존재들은 그 못 이룬 서사의 여백을 새로운 이야기로 충만케 했다. 스스로 가장 많은 고통을 가슴에 담아냄으로써 일구어진 특유한 마음 문양—그들은 그렇게 존재의 전일함을 얻었고 가장 위대해졌다.

가장 많은 고통을 받은 민초들의 애가哀歌는 호주 의학자 콜린맥컬로우에 의해 쓰였다. 어떻게 신경생리를 연구하는 과학자가 아일랜드의 정념을 작은 서사로 재현했을까? 19세기중엽 대기근의 참화가 감자섬을 혹독하게 유린할 때 아사 직전의 양민들은 음식을 훔쳐 먹기 시작했는데, 옥수수 한 톨이라도 훔치면 바로 이역만리 호주, 뉴질랜드로의 영구귀양의 형벌에 처해졌다. 연이은 자기고통은 결국 생이별의 아픔까지도 이어진 것이다.

랄프드브리카사 신부와 매기클리어리는 모두 드로기다의 후예들이다. 그들은 호주로 이민 가서도 자신들이 사는 곳을 '드로기다'라고 이름 짓고 살았다. '드로기다'에서 겪은 고통이 지긋지긋했다면 다른 이름을 지었을 것이다. 이산의 고통을 감내하며 새로운 삶의 터전으로 이주해서도 여전히 또 다른 고통을 받으며 살 수밖에 없는 것이 모든 아일랜드인의 숙명이다. 매기는 순혈 아일랜드인이고, 랄프신부는 덴마크바이킹 브리카사가문의 후손이다. 서로마제국이 무너진 후 앵글로색슨과 바이킹의 아일랜드 노략질은 집요해졌다. 초자아가 붕괴하면 하위자아들이 동물처럼 난동하는 것과 같은 원리이다. 하지만 아일랜드를 약탈하며 정주하기 시작한 바이킹들은 스멀스멀 켈트의 정신유전자를 자신들 영혼에 문신으로 새겼고, 조이스의 표현대로 '아일랜드인보다 더한 아일랜드인들이 되어갔다. 그리곤 이 순결한 대지에다 자신들이 지은 하늘에 가닿을 죄를 씻기 위해 삶을 순수하게 채워나갔다. 랄프신부도 그런 천상의 업보가 있었나 보다.

미드 '가시나무새'를 보면 왜 아일랜드의 파토스가 남다른지, 어떻게 그리스 비극이 하이버니아에서 재현되었는지, 그리고 어떻게 그 광대한 고통을 협소한 가슴에 담아내어 저주를 아름다움으로 승화시켰는지 알 수 있게 된다. 가시나무새역시 대위법으로 읽어야 한다. 겉 내용은 바티칸에서도 비난한 '천주교신부의 불륜극'이다. 하지만 척박한 대지의 깊은 속에는 맑은 심층수가 흐르듯, 아일랜드인들의 그 오랜 고통이또 다른 가장 예리한 가시가 되어 자신의 가슴을 찌른다. 가장아름답게 울면서 고통 받는 세상을 노래하기 위하여!

'바람과 함께 사라지다' 다르게 보기 – 아일랜드와 영국의 식민관계 알레고리 – 스칼렛오하라의 타라Tara

　흔히 사람들은 '바람과 함께 사라지다'를 스칼렛오하라와 레트버틀러 사이의 애절한 사랑이야기로만 여긴다. 하지만 스칼렛은 레트를 사랑하지도 않았고, 레트의 일방적인 애정이 완성되지도 않았다. 스칼렛은 레트의 집요한 구애에 넘어가는 듯했지만, 끝내 강압적 사랑을 거부했으며 "내일엔 내일의 태양이 뜬다"라는 모놀로그를 남기고 고향인 타라로 돌아간다.

　타라는 아일랜드의 지명으로 미국에는 존재하지 않는다. 스칼렛이 아일랜드계 귀족이고 레트는 잉글랜드계이니까 양국의 매우 운명적인 대비 구조가 그 소설에서 재현되고 있는 셈이다.

　아일랜드의 타라는 단순한 크롭 서클 문양을 한, 구릉에도 못 미치는 나지막한 언덕으로 고대부터 왕위 계승식이 열리는 성소였다. 타라의 고대켈트어적 의미는 **'아일랜드를 사랑한다면 아일랜드를 떠나라'***이다. '젊은 예술가의 초상'에서도 주인공 스티븐디덜러스가 타라를 되뇌며 조국을 구원하는 예술

---

* 나영균선생님의 『젊은 예술가의 초상』 번역본에 의함.

가가 되기 위하여 아일랜드를 떠났다. 한 친구가 떠나는 이유를 묻자 스티븐은 선문답처럼 답한다. "타라로 이르는 지름길은 홀리헤드Holyhead를 거쳐서 가는 길이다." 타라는 고대아일랜드의 궁궐이 있었던 곳이고, 홀리헤드는 영국 북웨일스의 작은 항구 도시라 타라와는 정반대의 방향이다. 홀리헤드는 배를 타고 더블린을 떠난 아일랜드인이 잉글랜드나 대륙으로 떠나기 위해 반드시 거쳐야 하는 곳이다. 이 문장의 뜻은 아일랜드의 옛 영광을 되찾기 위해서는 홀리헤드를 거쳐 외국으로 나가 먼저 견문을 넓혀야 한다는 뜻일지라.

"The shortest way to Tara was via Holyhead." 이 문장의 또 다른 의미는 '아일랜드의 옛 영광을 부활시키는 왕이 되기 위해선 HolyHead의 형상을 지녀야 한다'이다. 아일랜드인들은 위대한 왕이 되기 위해선 반드시 성스러운 머리 형상을 지녀야 한다고 생각한다. 혹은 '성스런 생각을 지닌 왕이 아일랜드의 독립과 자유를 되찾게 해줄 것이며 다시금 옛 아일랜드의 영광을 근대에 재현할 것이다.' 이런 뜻일 수도 있다. HolyHeaded King은 아마도 '아더'일 것이다. 켈트민족이 아직도 유일하게 기다리는 그들의 실존적 영웅이니까.

스칼렛이 레트와 이별하고 타라로 돌아가겠다고 선언한 것은 단순한 연인과의 별리가 아니라 '아일랜드 독립선언'의 은

유이다. 미국의 남북전쟁과 노예해방은 아일랜드 독립운동의 엄청난 기폭제가 되었다. 그때부터 아일랜드인은 유럽의 하얀 흑인이라는 별칭을 얻게 되었다.

1987년 김수환추기경님에 감동하여 - 가톨릭에 귀의

추기경과 진보성은 거의 어울리지 않는 조합이다. 내가 가톨릭을 사랑하는 이유도 그 본유의 보수성 때문이다. 하지만 87항쟁 때 김수환추기경님은 그 아름다운 성의의 옷깃을 잠시 느슨하게 푸셨다. 독재의 폭압을 피해 명동성당에 숨어있던 민주학생들을 잡으러 경찰들이 성전에 들이닥쳤다. 보통의 추기경 같으면 학생들을 잡아가도록 했을 것이다. 그러나 김수환추기경님은 경찰들에게 "학생들을 잡아가려면 나부터 쓰러트려야 할 것이고, 나를 넘어서더라도 뒤에 서 있는 신부들을 쓰러트려 할 것이며, 신부들을 넘어서더라도 그 뒤에 서 있는 수녀들을 쓰러트려 넘어가야 할 것이다"라고 말씀하셨다. 김수환추기경님의 이런 깊은 영성은 내 영혼을 전율시켰다. 추기경님의 도움으로 명동성당은 민주화의 제1성지가 되었다.

감동 이후 가톨릭신자가 되었지만, 종교적 방황은 쉬이 끝나지 않았다. 파우스트의 "인간은 노력하는 한 방황한다"라는 대사는 나의 울림이기도 했다. 인간세계의 4대학문 '신학, 철학, 의학, 법학'을 다 섭렵한 파우스트처럼 나도 죽을 때까지 모든 종교를 다 공부해보려 한다.

聖골롬반외방전교회의 어느 아일랜드 신부님이 전해 주신 무거운 신탁

첫 근무지에서 뵌 어느 아일랜드 신부님께서 나의 타락한 정신에 불벼락을 내리시다.

올림픽 열리던 해, 나는 너무 이른 나이에 오욕칠정에 찌든 젊은 의생이었고, 소년등과한 애들 특유의 철없는 오만방자함도 있었다. 그래도 하늘의 뜻이었는지 부모님 고향에서 의료인으로서의 걱정스러운 첫걸음을 막 내디딜 수 있었다. 그때부터 나를 통제할 주체는 자신밖에는 없었다. 하지만 **자기 self**는 **나ego**를 규율할 힘이 부족했다. 그렇게 똑같은 길을 걸었고 급속하게 세속의 가치에 젖어들었다. 일부 선배들은 "보건소 3년에 병원 개원자금을 마련하지 못하면 바보"라는 말을 교훈이라고 전해왔다. 부정한 방법을 당연한 것으로 받아들였다. 군인봉급으로도 검소하게 살기엔 충분했지만 그 정도에 만족할 수는 없었다. 당시 나의 인생목표는 다음과 같았다. 첫째, 수단 방법 가리지 않고 빨리 돈을 많이 번다. 둘째, 부잣집 딸과 빨리 결혼한다. 셋째, 큰 차와 큰 집을 빨리 산다. 참 단순하고 파괴적인 인생목표였지만 빨리빨리 이룸이 '그때의 나'에게는 최상의 가치였다.

검은 돈을 내 것으로 여기는 일은 짜릿했으며, 그게 다 진짜 내 행복이 되는 줄 알았다. 빨리빨리 하다 보면 인생에 빨린다는 지혜는 나의 어느 구석에도 없었고, 초라한 호주머니에 모이가 좀 모이면 근무지를 이탈하여 이 술집, 저 술집을 전전했다. 의료는 내게 돈벌이 수단에 불과했고, 나는 농민들의 착한 진료비를 타락과 쾌락을 위해 탕진했다. 피드백을 넣어줄 지혜로운 동반자는 어디에도 없었고, 나는 정신이 마비되어 썩는 아픔까지도 못 느끼는 말종인으로 급격히 하강했다.

그렇게 학창 시절 어느 아일랜드 작가가 전해주었던 닥터 맨슨의 청년정신은 내 바탕화면에서 삭제되어 복구 불능이 되었다. 그때까지 아일랜드라는 추상적 실체가 말을 걸어오고 있다는 사실을 전혀 눈치 채지 못하고 있었다. 만취로 인한 잠재의식적 불복종은 태어날 때부터 여전했다. 어느덧 나는 영혼의 순결을 상실하여 매일 밤 황홀하고 느끼한 꿈들을 꾸어대면서도 전혀 부끄러워할 줄 모르는 두꺼운 인간으로 변모해 있었다. 나는 전문지식을 악용하여 '등 따습고 배부르면' 마냥 행복해지는 줄 착각하는 돼지로 변신했다. 키르케의 달콤한 독약에 낚인 것이다. 젊은 날의 불량심으로 인해 다가오는 나날들의 수많은 고통을 직감조차 하지 못하는 덜떨어진 얼간이었다. 깨달음 없이 단순하게 사는 나날들이 무한 반복되었고,

나는 '검소와 선한 실천'을 가장 소중한 덕목으로 알고 살아야
하는 천주교신자라는 것도 까맣게 망각하고 있었다.

그렇게 나대다가 결코 천형일 수밖에 없는 가난을 영성으로
받아들여야 할 어느 외국인 성직자의 심기를 단단히 건드린
사건이 발생했다. 양촌면보건지소 옆에는 소박한 기법으로 건
축된 작은 성당이 하나 있었는데, 도시교회 특유의 화려함과
는 거리가 먼 그냥 벽돌을 조합한 수준인 전형적인 시골성당
이었다.

어느 날 이런저런 이야기를 나누던 중 부면장님께서 "저 성
당에는 서양인신부가 계시는데 유럽에서도 **지지리도 못사는**
아일랜드라는 나라에서 온 사람이다"라고 하셨다. 그러면서
부연설명으로 유럽에도 우리보다 못사는 나라가 둘이나 있는
데 다른 또 하나가 포르투갈이라며 다소 우리의 부富를 자랑
스러워하셨다. 나보다 못한 남들이 있음을 알 때 느낄 수 있는
그런 형이하학적 안도감 같은 것. 게다가 우월감의 대상이 한
때 대항해시대를 열었던 유럽의 나라들이라니?

본당의 신부님이시니까 한번은 인사를 드려야 할 의무감을
느꼈다. 하지만 성당 문을 넘어본 지 너무 오래되었고, 실타래
처럼 엉킨 고해성사거리가 너무나 적폐가 되어 아예 미사를
포기하고 있었다. 그래도 왠지 모를 무의식의 샘에서 콜콜 우

러나오는 노스탤지어와 비슷한 이끌림이랄까? 이성적인 설명도, 감성적인 형언도 할 수 없는 묘한 느낌. 원래 죄책감을 잘 느끼는 편이어서 거룩함 근처에 잘 가질 않았다. 성당에 어쩌다 가서도 죄가 노출될까 봐 누구와 안면을 트고 지내는 것은 딱 질색이었다. 그런데 신부님, 그것도 염색체가 전혀 다른 신부님께 인사드리러 가야 한다는 묘한 중압감이 가슴에서 꿈틀거리다니!

용기를 내어 전화를 드린 후 면담을 약속했다. 떨리고 쑥스러운 마음 때문에 후회도 되었지만 어차피 한 번은 지나가야 할 길 같았다. 좀 냉담하게 전화를 받으시는 것 같았지만 신경 쓰이질 않았다. 종교는 내 인생의 주요한 변수가 될 수 없었기 때문이다. 최소한의 의무감과 호기심에 그냥 한 번 찾아뵙는 거다. 천주교신자라는 사실은 내 인생의 형식에 불과했으니까. 한편으론 '뭐가 아쉽다고 한때 로마민족을 겁에 질리게 한 용맹스런 켈트족의 후예가 로마교회의 성직자가 되어 이 코리아의 작은 시골성당에 와 계시는 걸까?' 하는 단순무식한 생각만 떠올랐다.

사제관 응접실에 조심스럽게 들어서자 그분은 이미 작정한 듯 아주 차가운 눈으로 응대하셨다. 그런데 놀랍게도 나의 부친과 너무나 흡사한 얼굴을 하셨다. (조이스의 '젊은 예술가의 초상'에 따르면 모든 사람에게는 세 분의 아버님이 계신다. 낳아주신 아버님, 정신적인 아버님, 하늘에 계신 우리 아버지. 아버지라는 단어는 '당신을 배우고 따르겠습니다'라는 의미를 지닌다.)

형식적인 내용과 철없는 자랑 투의 의례적인 가벼운 대화가 짧게 지속되었다. 너무 나가다가 결국 우리보다 못사는 아일랜드에 대한 천박한 자부심을 드러내고야 말았다. 신부님께서는 아예 미소 짓지도 않고, 대꾸도 잘 안 하시며 무서운 눈으로 계속해서 쏘아보셨다. '내가 너무 심하게 자랑질을 했나? 아일랜드는 도대체 얼마나 가난하냐고, 굶는 사람은 이제 없느냐고 여쭌 것이 심기를 상하게 한 것일까?' '처음 보는 사람인데, 신부님이라는 양반이 사람을 왜 저리도 겁나게 쳐다보실까?' 나는 그분이 예전에 **우리 과 가톨릭학생회 지도신부님**이라는 사실도 알게 되었지만 그럼에도 그분께선 전혀 반가워하지도 않으셨다, 덜 익은 나는 내 실수를 인지하지 못했다. 가벼운 마음으로 방문한 것이었지만 정말 무안할 지경이었다. 어색한 대화가 자주 끊겼고, 이제 가야 할 때가 되었음을 깨닫게 되었다. "신부님, 이제 돌아가 보겠습니다. 바쁘실 텐데 시간 내주셔서 대단히 감사합니다. 종종 찾아뵙겠습니다." 이렇게 인사를 드렸는데 신부님은 얼굴엔 한 줌의 미소도 짓지 않으셨고 '네 그러세요' 하는 의례적인 대답도 하지 않으셨다.

그런데 갑자기 "닥터 윤! 의사는 허튼수작 부리면 안 됩니

다. 정신 똑바로 차리세요!" 이렇게 말씀하시는 것이었다. 순
간 당황스러웠다. 내 가슴은 사나운 벼락을 갑작스레 맞은 늙
은 느티나무처럼 순식간에 굳어져 버렸다. 비록 큰 소리는 아
니었지만, 제우스의 불벼락보다 파장이 짧고 더 강렬한 것이
었다. 도대체 무슨 의미의 말씀을 하시는 것인지 바로 알아챌
수는 없었다. '외국인이시니까 우리나라 말을 잘 못하시는구
나'라고 좋게도 해석했다. 아마도 열심히 살라는 뜻이 아니었
을까? 나는 내 머릿속에서 분석적 해석과 직관적 해석법 모두
를 작동시켰다. 대뇌의 신경회로는 맞물림이 이미 바위에 틀
어진 기차 바퀴처럼 덜컹거리며 복잡하게 굴러갔다. 신부님은
너무 근엄하신 분이라 되묻기도 실례가 되는 것 같아 어색한
표정을 지으며 고개를 숙이고는 사제관을 빠져나와야 했다.
무안하기 그지없었다. 인사를 드리고 좋은 대화도 좀 나누려
다가 내내 무거운 분위기에 억압당하더니 결국은 무슨 뜻인지
도 모를 야단을 맞은 것이 확실했다. 다시 생각해보니 '그냥 착
하게 열심히 사세요'라는 단순한 뜻이 아닌 것은 분명했다.

오후 내내 먹먹한 느낌의 무거운 머리는 가벼워지지 않았
다. 왜 신부님은 인사드리러 간 신도를 그렇게 냉랭히 대하셨
을까? 무슨 의미인가? 무슨 뜻일까? 허튼수작이라니? 저 외국
인 신부의 태도를 이해할 수가 없었다. '저러다가 신도들 다 떨
어져 나갈라. 저렇게 신자들에게 불친절하니까 천주교는 장사

가 안 되는 거야.' 하지만 한 가지만은 분명했다. 젊고 교만하고 멍청한 한 초보의사의 '신성해야 마땅할 삶'에 대한 오만하고 불량한 태도를 그 신부님은 정확하게 읽으신 것이다.

이후 마음은 내내 분하고 무거웠고 묘한 부끄러움에 술친구들도 잘 만날 수가 없었다. 그리고 스스로 좀 더 현명한 결론을 내리기 위해 몇 달 동안 성찰의 시간을 가져야 했다. 아마도 나의 태도에 내가 인지해낼 수 없던 커다란 문제가 있었을 것이다. 현자는 타인의 얼굴만 보면 그 사람이 무슨 생각을 하며 세상을 살아나가는지 안다. 신부님은 아마도 어린 나의 비루한 세속성에 실망하셨고, 내 얼굴을 보고 내 삶의 방식을 읽으셨을 것이다. 나를 한심한 존재라고 결론 내리셨고 순간 야단을 치신 것이다. 한참을 숙고 후 내게 커다란 문제가 있었다고 판단을 내렸다. 하지만 분하고 서운한 마음은 가시질 않았다. 그리고 스스로 다짐했다. 언젠가 좋은 모습으로 다시 찾아뵐 것을. 그리고 '그분의 진심 어린 미소를 꼭 뵈고야 말겠다'라고.

* * *

불량한 청년의사 첫해, 그 싸늘했던 겨울의 음울한 태양은 그리도 희미해지며 서쪽하늘 끝의 불순한 수평선 밑으로 돌이킬 수 없는 하강을 시작하고 있었다. 마치 커다란 지구가 작은 태양을 잡아당기는 것 같았다. 제멋대로 해석이 가능한 상대성의 세상이니까 그렇게 어리석게 보이는 거다. 그리고 나는 변화하지 않았지만, 또 다른 해가 바뀌었다. 하지만 물질과 기억간의 기묘한 변증법이 내 인생을 복잡하게 괴롭히기 시작했음을 나는 깨닫지 못했다.

나를 긴급 유턴시킨 - 대하소설 『지리산』

진료실의 큰 창문을 통해서 들어오는 농촌의 정경은 늘 풍요로웠다. 농번기엔 환자가 그리 많지 않아 책 읽을 시간이 많았다. 어떤 선배가 이런 말을 했다. "환자가 많으면 의사는 빨리 죽고, 환자가 적으면 책을 많이 읽어 교양이 깊어지고 장수한다"라고. 뜨거운 여름은 더군다나 한가로웠다. 2년 전에 오른 노고단이 어쩌다 갑자기 그리워져서 이병주의 장편 『지리산』을 읽기 시작했다. 작열하는 태양이 짓는 그리스신화의 형상을 한 뭉게구름 가득한 8월의 따분한 오후에 쓰르라미 한가진 울음소리 들으며 책 읽는 맛은 흐드러지게 나른한 행복이었다.

근현대를 넘나드는 반도의 비극을 재현한 대하소설 『지리산』을 읽음으로써 세월을 아파하며 백두대간의 깊은 산골까지의 내적망명을 감행했던 파르티잔(빨치산)들의 고뇌와 절규를 가슴으로 느낄 수 있었고, 주인공 박태영이라는 페르소나에 영혼이 깊이 빨려 들어갔다. 사람에게 현실의 문제를 초월하여 '신념을 지닌 삶'을 사는 것이 얼마나 중요한지 깊이 깨닫게 되었다. 토벌군들이 확성기를 통해 투항하면 살려주겠다고 권유했지만 파르티잔들은 모두 자신들이 꿈꿔온 대의를 버리지 않고 죽어갔다. 그들은 굴복하는 삶을 선택할 수 없었을 것이다. 최후의 파르티잔 박태영은 '모든 사람이 자기를 용서하더라도 자기는 자신을 스스로 용서하지 않을 것'이라는 불멸의 모놀로그를 남긴 채 동족의 총탄에 의해 영혼과 육신이 분해된다.

'남이 나를 용서하더라도 나는 나를 용서하지 못하는 삶'은 커다란 충격으로 내 가슴을 다시 한번 크게 도려냈다. 마치 해리포터 마법에 걸린 메스가 병든 마음을 치료한답시고 심장을 마구 휘젓는 것 같았다. 일할 때나 쉴 때나 밥 먹을 때나 온통 박태영의 인생을 나의 타락에 투사하여 골똘한 생각에 잠길 수밖에 없었다. 그런 삶은 수도승같이 극도의 자기성찰을 통해서만 이루어낼 수 있는 것이다. 내 삶이 부끄러워지기 시작했다. 저 빨갱이도 스스로를 용서하지 못하고 죽음을 택했는데, 난 한 푼의 돈에 소중한 영혼까지도 팔아먹었다. 부질없는 욕망을 채우기 위해 죄 없는 환자에게 불필요한 주사 한 방이라도 더 놓았던 것이다. 나의 탐욕으로 인해 수많은 농민들의 삶이 더한 고통을 받았을 것이다. **고통받는 인간을 위해 일하는 척하면서 그들에게 더 큰 고통을 뒤집어씌웠다.** 그건 죄악 중의 큰 죄악이다. 큰 꿈을 꾸었던 저 외로운 혁명가는 저렇게 절규했는데, 시대의 아픔을 전혀 인식하지 못하는 '나'라는 존재는 쾌락과 탐욕의 어두운 늪에서 헤어 나오지 못하고 있었다. 이반일리치신부님의 '병원이 병을 키운다'는 명제는 꼭 나 같은 저질인간을 두고 하는 말이었다.

이후 난 자신에게 부끄러웠고 스스로의 가슴을 자꾸만 찌르는 자책감에 괴로워했다. 그때 패트릭신부님은 내 삶의 모습을 정확히 읽으셨다. 그래서 허튼수작 부리지 말라고 크게 꾸짖으신 것이다. 그건 하늘의 말씀이었을지도 모른다. 명색이 의료인인 내가 더 행복해지기 위해서는 누군가 더 고통스러워야 한다는 '존재의 모순'을 뼈저리게 깨달을 수가 있었다. 모든 과거는 흔적을 남긴다. 나는 졸업 이후 그 짧았던 세월 동안 급속히 병들어간 나의 정신이 부끄러워서, 순결이 뭔지도 고귀함이 뭔지도 잊어버리고 쾌락을 향유했던 나의 영혼이 부끄러워서 견딜 수가 없었다. 나는 이후 눈물을 감추기 위해 우산도 없이 혼자서만 빗속을 걸어야 했다.

'신부님을 다시 한번 찾아뵈어야지' 하는 마음을 먹었다. 하지만 아직은 아니다. '모습이 조금이라도 더 정화되거든, 유의미한 내적 변화가 보이거든 그때 가서 뵙자'라고 결심했다. 하지만 사람이 갑자기 좋게 변하는 건 쉽지 않은 일이다. 엔트로피법칙에 반대 방향이기 때문이다. 흉물스런 모습으로 굳어질 대로 굳어진 것이 나의 정신세계였다. 황무지가 갑자기 옥토가 될 수는 없다. 하지만 나는 나의 거친 황무지를 개간해서 좀 더 기름진 땅으로 만들 것이다. 시간이 얼마나 오래 걸릴지라도.

수시로 떠오르던 '쾌락으로 가득 채워져 있던 시절'에 대한 플래시백을 뇌리에서 삭제하는 일은 불가능에 가까웠다. 내면의 욕망과 싸워서 이겨야 했지만 깨지는 경우가 더 많았다. 나약한 존재가 한번 잘못 들어선 길에서 되돌아간다는 것이 이렇게 힘든 일인 줄 몰랐다. 어떠한 길이었던지 내 자유의지대로 갈 수 있는 시공간이 내게 주어지기는 했지만, 잘못 선택했고 그로 인해 심각하게 고통 받고 있었다.

세 번째 불복종 - 신부가 되어보라는 권유를 한방에 놀리며 거절하다. 그리고 나는 '불가촉 잡놈'이었음이 재입증되었다

프랑스신부들은 조선을 식민노예로 만들기 위해 우리 땅에 왔지만, 아일랜드신부님들은 우리를 일본으로부터 구해주기 위해 이 땅에 왔다. 똑같은 선교사라도 그런 차이가 있었다. 다 같은 가톨릭이었지만 온 목적이 전혀 달랐다. 식민대제국 프랑스는 음흉했고, 동병상련의 아일랜드는 순수했다. 聖골룸 반외방전교회는 탄생의 주제 자체가 '억압받는 세계의 해방' 이었다.

다시 겨울이 돌아왔다. 북녘을 바로 코앞에 둔 김포반도의 서릿바람은 불모의 대지를 더 싸늘하게 얼어 붙였다. 겨울은 용서의 계절이라, 용기를 내어 신부님께 다시 전화를 드렸는데 뜻밖에도 어여 찾아오라고 하셨다. 드디어 불순함을 관면받는 것인가? 마음속의 태양이 봄날의 아지랑이가 아른거리는 중천에 마냥 떠오르는 것 같았다. 그때까지의 내 속에는 아직 순진한 구석이 좀 많이 남아있었다.

"신부님, 바쁘실 텐데 시간을 내주셔서 감사합니다. 그간 건강하셨죠? 날씨도 꽤 쌀쌀한데요." 신부님은 아무런 대답이 없으셨다. 무거운 침묵이 무섭게 흘러갔다. 어색함을 깨기 위해 내가 여러 말을 걸었지만 되돌아오는 것은 예의 짧고 무성의한 대답뿐이었다. '정말 무뚝뚝하고 무심한 분이시구나. 혹시 이분 인종주의자인가? 한국인을 얕잡아 보는 건 아닐까?' 별생각이 다 들었고 다시금 작년 겨울의 첫 대면처럼 무안해졌다. 얼굴이 빨개져서는 다 타버릴 듯 달아오르는 것 같았다. 빨리 불편한 자리를 박차고 일어나기 위해 대화를 정리하기 시작할 즈음에, 갑자기 "신부가 한번 되어볼 생각은 없는가?" 하고 나에게 물어보셨다. 그런 일은 꿈조차 꾸어본 적이 없는 것이었다. 내가 뭘 잘못 들은 건 아닐까? 성직자는 영혼이 맑은 사람들에게만 주어지는 직분이다. 그럴 주제가 전혀 못 되는 나는 그 짧은 찰나에 어떻게 나의 'Non Serviam'의지를 익살스럽게 표현해야 할지 가슴이 악마처럼 시커메졌다. 그러자 결국 갑자기 말 같지도 않은 농담이 툭 튀어나오고 말았다. **"신랑이 되고 싶을 뿐 신부가 되고 싶은 마음은 전혀 없는데요. 신부는 여자가 하는 거죠. 남자가 신랑 하는 거구요."**

신부님은 더 이상 아무 말씀 없으셨지만, '뭐 정말 이런 개잡놈이 다 있나?' 하는 표정을 지으셨다. 아직도 잊을 수가 없다. 짧았지만 결국 영원으로 이어질 그 순간을.

신부가 된다는 것이 어떤 길인지 잘은 몰랐지만, 아무튼 엄청나게 두려운 길임에는 분명했다. 내겐 그런 지적 능력이 없을뿐더러, 절대 놓고 싶지 않은 욕망이 하나 있었다. 하지만 나는 세뇌를 잘 당하는 편이다. 권유의 그 날 이후 그 문제에 대해서 골똘히 사유해보지 않을 수 없었다. 신부님은 동물처럼 살아가는 나에게 영성으로 내 영혼을 가득 채워보지 않겠느냐고 제의하신 것이다. 하지만 그 고귀하고 거룩한 하느님의 마음을 담아낼 영혼의 여유 공간이 전혀 없었다. 나는 거절의 뜻을 당돌하게 표현했지만 나의 이 세 번째의 불복종은 하늘의 뜻을 크게 거역한 것임이 직관적으로 가슴에 와 닿았다. 그로 인해 내 인생이 영원히 수시로 고통스러우리라는 일종의 깨달음 같은 것이었다. 느린듯해 보이지만 역동적인 세월의 흐름 속에서 나의 영혼은 조금 조금씩 더한 아픔을 느끼고 있었다. 고등학교 때나 잠시의 운동권 시절에서나 불복종은 짜릿한 환희였다. 하지만 세 번째의 불복종은 점진적인 고통이었다.

비록 양심의 가책을 느꼈지만, 신부가 되고 싶은 마음은 전혀 커지지 않았다. 귀한 씨앗이 뿌려졌지만 척박한 황무지 같은 내 영혼에는 열매 맺게 할 자양분이 전혀 없었다. 나는 인생을 너무 쉽게 생각했다. 세속적 의사가 되고 돈도 많이 벌면 그냥 저절로 행복해진다는 단순한 생각이 나를 지배했다. 그리고 나는 확고하게 결정했다. 세인으로서의 편안한 길을 갈

것임을. 등 따습고 배불러 느끼는 나른한 황홀감은 그때에도
지금처럼 나에게는 가장 큰 행복의 조건이었다.

떠나시는 신부님의 세 가지 협박

　이제는 진짜 사회로 나아가야 할 때가 슬금슬금 다가오고 있었다. 보건소 3년은 수동적인 시기였지만 사회에 의해 담금 질 당하는 예비단계로서의 의미가 컸다. 개원자금은 하나도 마련하지 못했다. 신부님의 '허튼수작 부리지 마라'는 불호령 이후 제약회사에서 주는 리베이트를 받는 습관을 일절 끊었기 때문이다. 하도 냉정하게 대하셔서 서운한 마음이 아주 컸지 만 결국은 내 탓이었고, 어쨌든 나는 아주 조금 좋게 변해있었 다. 불복종 사건 이후 한 번도 찾아뵙지 않았지만, 신부님께서 이제 떠나실 때가 왔으므로 인사를 드리러 가야 했다. 마지막 이니까 혹시라도 나에게 미소를 지어주시지 않을까 하는 미련 한 기대 속에 사제관의 문을 두드렸다.

　하지만 기대는 얇은 유리병처럼 쉽게 깨어졌다. 신부님은 예의 모습과 똑같이 무뚝뚝하게 나를 대하셨다. 신부님은 병 원과 의사들에 대해서 아는 것이 참 많으셨지만, 곧 대학원에 진학한다는 사실과 언젠가는 독립개원을 할 거라는 이야기에 는 아무런 관심도 보이지 않으셨다. 신부님은 나의 미래에 대 해 통속적인 축복을 전혀 해주지 않으셨다. 소파에서 막 일어나는 순간에 신부님께서는 오랜만에 어떤 말씀을 내게 해주셨다. 말씀이 아니라 명령에 가까웠다.

@ 네 분야에서 일을 가장 많이 하라.
@ 그래서 네 분야에서 세금을 제일 많이 내어야 한다.
@ 하지만 네 분야 의사들 중에 가장 가난해야 한다. @_@
@ 해마다 아일랜드에 가서 가난하지만 아름다움을 배워라.

노예처럼 살라고? 탈진해서 빨리 죽으라고? 황당하기 이를데 없는 당부였다. 아일랜드인 특유의 기발한 발상은 나를 곤혹스럽게 했다. 이미 여러 번이나 불복종한 나에게 대한 형벌이나 미래의 멍에일까? 그때까지도 나의 꿈은 의사로서 부유하게 사는 것이었다. 물론 세금을 많이 내고 싶은 마음은 발끝에도 없었다. 그런데 갸륵한 몽상을 꾸며 사회로 떠나려는 나에게 가혹한 카운터펀치를 날리시는 것이었다. 끝까지 나의 길에서 훼방을 놓으시는구나. 하지만 3번의 알현 모두 나 스스로 선택한 것이었다. 자신에게 짜증이 났다. 왜 아무도 시키지 않았는데 그 신부님을 찾아뵈어 자발적으로 내 인생을 어렵게 하는가? 기발한 자기고난의 시발점이었다.

아일랜드에서 온 그 신부님만 만나지 않았더라면 의무복무가 끝날 때쯤 비자금도 충분히 마련했을 것이어서 미래에 대한 걱정이 전혀 없었을 것이다. 그리고 아무런 내면적인 가치 논쟁도 하지 않았을 것이고, 불필요한 고민 없이 마음 편안하게 쉬운 내일을 맞아들일 수 있었을 것이다. 후회하는 마음이 해변의 성난 너울처럼 몰려들어 내 가슴을 후려치고 있었다. 너무 싫지만 나는 그 당부에 철저히 세뇌될 것이다. 거부하는 생을 살면 살수록 나는 신부님에 대해 영혼의 가책을 느낄 것이다. 그 네 가지 당부를 이룬다는 것은 극단적으로 어려운 길이었다. 보편의 가치와는 정반대의 길로 가야 한다. 얼마나 험난하고 고통스럽고 궁핍하랴. 기득권 중심으로 향하기보다 주변의 변방으로 걸어가기는 정말 싫다. 중심은 언제나 화려하고 주변은 늘 초라하기 때문이다.

하지만 풍성한 변화와 창조가 잉태될 수 있는 공간은 중심이 아니라 주변의 경계라는 진리를 그때는 너무 몰랐다. 부유한 예술은 화려함의 틀에 박혀 상투적이고 진부하지만, 반고흐처럼 마음이 가난한 예술가가 **더 큰** 아름다움과 치유를 만들어내는 거다.

문자文字를 써보고 싶은 마음

인류가 이 천상천하유아독존의 고독한 행성에 온 연유는 무엇일까? 인생이란 무엇일까? 어디서 와서 어디로 가는 걸까? 나는 왜 '나'라는 존재로 태어났지? 자기는 뭐고 자아는 뭐야? 삶이 던져주는 이 원초적인 질문들에 그 어느 누가 자신 있게 대답할 수 있을까? 의사들에게도 '생명이 뭐냐?'라고 물으면 아무도 근원적 답변을 하지 못한다. 하물며 삶이며 실존이랴.

도대체 인간이란 무엇일까? 생명은 모두 동일하지만, 삶은 다 다르다. 생명의 생화학적 양식은 다 같지만, 존재의 방식은 많이 다른 거다. 육체의 형식은 거의 비슷비슷하지만 정신의 콘텐츠는 다 다르다. 모든 인간은 이야기한다. 하지만 그 이야기의 내용은 다 다르다. **우리는 모두 다른 말을 하러 세상에 온 것이다.** 그래서 남들의 삶을 **오래** 따라 하느라 귀한 시간을 낭비할 필요가 없다. 우리는 모두 서로 다른 자신만의 독특한 삶을 살아야 한다. 그래야 세상은 아름다운 통합된 관계가 지속된다. 통합은 같음이 아니라 다름의 존재양식이다. 서로 다른 것들의 공존! 그것이 통일이고 전일성이고 아름다움이다. 그리고 그 다름을 모든 이에게 이야기하기에 가장 효율적인 방식은 '아름다운 무언가를 만드는 것'이다. 사람은 누구나 다 예술가이다.

　나는 서로가 **차이를 용서 못하는** 시대에 태어나고 자랐다. 다름과 틀림은 동의어로, 아빠의 반대말은 엄마라고 배웠다. 자신과 다르면 무조건 '악마'라고 인식했다. 다른 것은 나쁜 것이기에 죽여도 되었다. 빨갱이를 때려죽이면 후한 상을 받는 시대였다. 중세의 잔인한 어두움이 여전히 밝은 후기근대를 지배하고 있었고, 잔혹할수록 더 영웅이 되어갔다. 그래서 그렇게 많은 사람들이 빨간 누명을 쓰고 죽어갔다. 생명의 존엄함은 철저히 무시되던 잔혹한 시대였다. 한 가지만 빼고 다른 것은 모두 다 사멸해버렸다. 앞서가는 서구지성들이 포스트모던을 이야기하고 있을 때 우리는 전근대의 음산한 늪에서 허우적대고 있었다. 하지만 부조리한 세상일수록 반면교사도 많아서, 새로운 희망을 싹 틔우는 거름이 된다. 그게 바로 판도라효과Pandora effect이다.

　내가 책을 쓰고 싶은 마음을 가지게 된 것은 고교 시절 서머셋모옴의 '서밍업The summing up'을 읽은 후였다. 언제나 이렇게 풍성한 글을 쓸 수 있을까? 아주 많이 부러웠다. 그리고 꿈이 생겼다. 비록 대학 때 작문 한 과목만 A를 받기는 했지만,

나는 선천적으로 유려한 글쓰기 유전자가 없는 부류였다. 그래도 조금이라도 더 나은 글을 쓰기 위해선 좋은 책을 많이 읽어야 했다. 선천성의 결여는 후천적인 갸륵한 노력으로 충분히 보충된다. 하지만 언젠가 종이 위에 씌어져야 할 내 치유는 영원히 오지 않을지 모르는 사무엘베게트의 고도Godot 같은 것이었다. 그래도 글쓰기로 구원받고 싶었다. 그러나 작문은 고난의 과업이었다.

아무런 진전이 없었지만 내가 한결 꿈꾸는 세상은 어느 인간의 고귀한 가치가 사는 집도 아니고, 타는 차도 아니고, 오로지 읽는 책으로 나타나는 그런 모습이었다. 어쨌든 그런 아르카디아를 늘 가슴속에 간직하고 살았다. 물질적 부유함이 모든 가치의 기준이 되는 그런 세상을 뒤집고 싶었던 것이다. 돈도 권력도 없는 사람이 평화롭게 세상을 바꾸는 가장 좋은 방법은 예술을 하는 것이다. 그래서 나는 글을 쓰기로 결심했다. 찰진 밥이 못 되면 맛난 죽이라도 쓰겠다는 마음으로.

아일랜드의 4번째 노벨문학상 - 세이머스히니

　종교는 상대성의 세상에 '이미 정해진 절대성'을 강요하는 것이라면, 문학은 주어진 표의에 또 다른 의미를 계속 붙여 진짜의미를 끊임없이(실제로는 영원히) 연기시킨다. 따라서 결국 종교는 권력과 결탁할 수밖에 없고, 반면 삶과 결합한 예술엔 부패로부터 고독할 수 있는 자유가 주어진 거다. 그래서 종교는 획일성을 추구하고, 반면 예술은 다원성을 지양한다.

　오랜 식민주의의 폐해로, 부패하고 타락한 아일랜드가 어떻게 치유되었을까? 권력에는 치유기능이 없다. 오로지 악화기능만 있을 뿐이다. 하지만 예술에는 치유능이 있다.

　1922년 아일랜드가 자유국이 되고 나서 초대수상이 된 에이먼데발레라의 취임사 요지는 "오랜 식민으로 병든 아일랜드를 치유하기 위해서 경제 발전을 추구하기보다는 인문학 전통을 지켜나갑시다"였다. 아마도 다른 나라 같았으면 무능한 빨갱이선동꾼이라고 당장 쫓겨나거나 감방에 갔을 것이다.

　하지만 바로 다음 해부터 1923년 윌리엄B.예이츠, 1925년 조지B.쇼우, 1969년 사무엘베케트, 1995년 세이머스히니. 이렇게 아일랜드는 인구대비 제일 많은 노벨문학상 수상자를 배출하게 되었다.

스웨덴한림원이 세이머스히니에게 노벨문학상을 주는 이유는 詩에 서정적인 아름다움과 윤리적인 깊이가 담겨있으며, 시인이 일상적인 소재를 통해 사회적 상상력을 발휘했기 때문이란다.* 이는 여느 아일랜드의 예술가와 성향이 다른 게 아니었다. 그냥 일상의 미세한 변화를 감지해 상상을 펼치고 미래를 예지하는 것이 언어예술가의 재능이자 의무가 아닐까? 유려한 글쓰기는 '많이 고통 받고 술 마시는 운명'을 받은 아일랜드인들의 영혼에 산타가 성탄전야 양말 속에 몰래 넣어주는 선물 같은 것일지도 모른다. 그렇게 아일랜드는 물질적으로 작고 가난하지만 영적으로 크고 아름다운 나라가 되어갔다. 그리고는 수많은 영혼들을 정신의 만유인력으로 끌어당겼다.

세이머스히니의 노벨상 수상은 잠재된 노스탤지어를 또 강렬히 자극해 나를 아일랜드로 떠나게 만들었다. 괴테가 험준한 알프스를 넘어선 이탈리아기행 후 자신의 질풍노도를 극복하여 고전주의자로 변신했듯이**, 세이머스히니의 자연주의에 이끌린 내게도 그런 유의미한 변화가 조금씩 싹트기 시작했다. 나는 쉬운 켈트해를 건너서 하이버니아기행을 시작했다.

---

* 문학동네 세이머스히니 시전집

** 인문학자 이동용선생님의 괴테 '파우스트' 강의에 의하면

'아일랜드'로 멀고 험한 여정을 떠나다

내 이성에 내재화된 의학이론의 결핍을 채우기 위해 천신만고 후 한의대 입학시험에 붙었지만 6펜스 때문에 포기하는 아픔을 겪었다. 하지만 이미 안정을 희구해야 할 나이에 '사방에서 부는 바람'은 멈추질 않았다. 바람이 왜 나쁜 것인가? 흐름을 만드는데. 그래도 아무리 파우스트의 말대로 '인간은 노력하는 만큼 방황한다'지만 존재는 추레해졌고, 방향감각은 상실되었으며, 세이렌의 노랫소리는 감미로워만 졌다. 하지만 나는 신부님의 손바닥에서 잘났다고 방방 뛰어다니는 손오공에 불과했다. 그러다가 세이머스히니를 알게 되어서야 존재의 이울어짐을 채워줄 유일한 대안학교가 내게는 아일랜드임을 깨달았다.

어릴 때 나는 아일랜드를 잘 몰랐다. 학부 때 좋아하던 작가 A.J.크로닌이 아일랜드계 스코틀랜드인이라는 사실도 까맣게 모른 채 졸업을 맞이했을 정도였다. 하지만 이후에도 아일랜드라는 작은 나라는 여러 미세한 방식으로 조용히 나에게 접근해왔다. 나는 나를 천천히 바다로 끌어당기는 그 고요한 우주의 물결을 막아낼 도리가 없었다. 청년의사 시절에 운명처럼 만난 어느 아일랜드신부님의 말씀은 내 삶을 근본부터 흔들어 놓았고, 내가 원치 않는 방향으로 삶이 변화하기 시작했다. 거대한 파도의 방향을 바꿀 수는 없었다.

어느덧 나는 조이스를 읽는 나 자신을 발견했다. 하지만 무슨 뜻인지 감조차 잡히지 않았다. 작가가 기막힌 알레고리로 독자들을 혼동케 한다는 건 쉽게 깨달았다. 배경의 현지답사를 하지 않고는 도저히 이해할 수 없을 것을 깨닫고 문예기행을 떠났다. 한두 번으로 끝날 수 없는 자신과의 싸움이었다. 아일랜드는 채색된 베일을 지닌 신세계였다. 나는 아일랜드를 풀어 내리기 위해 여러 번의 홀로 여행을 떠나야 했는데, 그건 일탈하여 자신을 새롭게 발견하는 것이었다. 생존의 일상에서 실존이 있을지 모를 내면세계로의 정신적 망명이었다. 역설적이지만 아일랜드는 주유하기에 불편한 나라라서 너무 좋은 여행지였다. 이후 내가 탄 비행기가 더블린 공항의 활주로에 내린 것만도 21번의 일이 되었다.

아일랜드인은 마음이 다단하여 숨기도 잘하고 어디로 튈지 몰라 갈피가 잘 안 잡힌다. 하지만 오랫동안 진실하게 마주하면 자신을 조금씩 드러내 보인다. 신비로운 여성도시 더블린은 나의 짝사랑이었지만, 그녀는 조금씩 자신의 오묘한 외피들을 겹겹이 벗어버렸다. 오랜 여정 끝에 작가의 의도를 조금씩 알아낼 수 있었다. 조이스의 네 작품은 아일랜드역사의 맥락으로 이해해야 한다. 한 권만 따로 읽어서는 안 된다. 만들어진 순서대로 차례대로 자세하게 읽어 내려가야 한다. 그런 식으로 의미가 조금씩 잡히기 시작했다. 소설들을 읽으면 아일랜드의 기구한 분단사가 보였고, 역사공부를 더 하면 작품에 대한 이해가 빨라졌다.

아일랜드민족의 자아는 특이하다. 독특한 민족성의 기원이 되는 아일랜드의 역사는 제국주의 잔혹사이다. 켈트인은 한때 고대유럽의 정복자였지만 이후 덜떨어진 야만족으로 강등됐다. 미개한 죄업으로 결국 그들은 여기저기서 수없이 쫓겨 다니면서 많은 고난과 역경을 견뎌내야 했다. 변방으로 쫓기고 쫓기다가 외로운 섬까지 도망 와서는 더 이상 갈 곳이 없었다.

오래된 고통은 정신을 영글게 한다. 그들은 하는 수 없이 공부하기 시작했다. 그리고 마지막으로 주어진 자신들의 절박한 대지를 '성자와 현인의 섬'으로 변모시켜간다. 중세의 아일랜드는 종교에 있어서 유럽의 스승이었다. 그리고 근대에 들어와 그들은 가장 이지적인 민족으로 거듭나게 된다. 결국, 세상에서 가장 뛰어난 언어예술인들을 배출시키기 시작한다. 문학은 영혼의 예술인 까닭이다. 노벨문학상 수상자는 세계1등이고, 수도 더블린은 문예기행의 성지가 되었다. 아일랜드는 가난했지만, 책을 많이 읽음으로써 가장 아름다운 나라가 되었다.

아일랜드예수회신부 토마스케네디 - 진보적 보수주의자, 주체 해방신학자, 포스트모던을 그리는 고전주의자

서럽게 창연한 어느 초가을의 더블린공항 출국게이트. 자그마한 체구에 휠체어를 타고 있는 로만칼라를 한 남자가 멀리서 나를 발견하고는 애써 가냘픈 팔로 바퀴를 힘껏 굴리며 내게로 다가왔다. 그리고는 대뜸 내게 물었다. "일본에서 온 젊은이! U2의 뜻이 무엇인지 아는가?" 약간은 힐난하는 느낌이었다. 우선 "나는 남한에서 왔다"고 선입견을 정정해드리고는 "U2라고요? 2차대전 당시 독일의 위풍당당한 전투잠수함 U2를 말씀하시는 겁니까?"라고 되물었다. 그러자 "아일랜드 그룹사운드 U2의 의미가 뭐냐?"고 물어본 거란다. 내가 잠시라도 상상력을 발휘하여 머뭇거릴 틈도 주지 않고 신부님은 직설로 그 답을 주셨다.

"U2는 'You are to be blamed too'라는 문장의 약어야. 세상 모든 일엔 일방의 책임이란 없어. 네 탓만 있지 않고 내 탓도 반드시 있다는 거야." "갈등 해법에 있어 일방의 책임으로만 독박 씌우곤 교묘히 면피하려는 중생들을 제도하기 위해서 반드시 던져져야 할 화두가 아닐지 싶다." "싸움에는 궁극적으로 가해자도 피해자도 없는 거야. 모든 건 모두에게 다 책임이 있다. 그렇게 서로가 자기 탓으로 알아 사죄하면 다시 하나가 될 수 있다. 네가 '코리안'이라면 통일에 있어서 그런 마음을 한번 가져봐. 민족 갈등에 있어 다시 하나 됨의 전제는 화해이고, 화해의 전제는 상호사죄인 거야"

나는 신부님께 한국의 특수한 정황을 설명해드렸다. "한국에는 무시무시한 법이 있어서 남북갈등에 있어 '내 탓도 있었음'을 조금이라도 인정하거나 상대방을 조금이라도 칭찬하면 바로 죽임을 당해야 합니다"라고. 내가 "신부님은 매우 진보적이군요. 아일랜드가톨릭 자체가 보수적 아닌가요?"라고 물으니 이렇게 대답하셨다. "내가 진보의 도상에 있는 까닭은 내가 보수주의자이기 때문이다. 보수처럼 사는 게 아니고 참된 보수를 지향한다는 거지." 난해한 말씀이다. 자기가 **보수주의자이기에 진보적**이라니? "흔히 보수랑 수구를 같은 것으로 혼동하는데, 전혀 다른 의미야. 수구는 동물처럼 변하지 않는 존재들이야. 변해야 할 당위성도, 생각도, 능력도 전혀 없지. 어제랑 똑같이 살아가는 데 아무런 무료함을 느끼는 '마음의 감각중추'가 거의 없다고 봐도 되지. 주로 부자들 중에 이런 사람들이 많은데, 더 이상 변하지 않아도 될 만큼 기득권이 풍요로운 거지. 또한, 기득권층에게 경제적으로 강하게 종속되어 있거나 책을 잘 안 읽는 사람들 중에도 변화의 의미를 모르고 평생을 보내는 사람들이 많아. 변해봤자 아무런 좋을 게 없는 사람들. 평균적으로는 공동체의 반이 수구인 거야. 그래서 진보는 늘 깨지는 거지." "과거는 쉽기에 수구의 영역이고, 미래는 어렵기에 진보의 영역인 거야. 그러니 미래를 추구해야 해." "진보의 길을 거치지 않고서는 보수에 이를 수 없어. 보수는 하느님의 형상일세."

"진보는 존재의 온전함을 지향하는 변화주의자들이야. 항상 위를 향하는 거고, 그러기 위해선 매 순간순간 패러다임의 변화를 모색하는 거지. 그래서 **진보의 완성된 형태가 보수**인 거야. 만약 보수와 진보 간에 싸움이 있다면 그 보수는 가짜거나 그 진보가 가짜인 거야. 진정한 보수는 자기네가 극복하며 걸어온 길이기에 진보였을 때를 그리워하게 마련이고, 진짜진보는 자기네의 지향점이라 보수를 공경하는 거야. 보수는 더 이상 변화할 것이 없는 온전함을 얻었고, 더 아름다워질 수도 없을 정도로 전일성을 얻은 존재인 거야. 그 정도가 되려면 그리스 이래로 발간된 세상의 모든 책을 다 읽었어야 할 것이야. 완전한 사람이 되려면 다섯 수레의 책을 읽어야 한다는 중국 철학과도 통하는 거지."

"사유의 분포는 물리학적으로 결정되는 것이야. 수구는 언제나 인류의 딱 절반이야. 그리고 진보와 보수의 합(合)이 또한 반(半)인데 진짜보수는 극히 드물어. 수치로 표현하면 인구 '백만 분의 일' 정도로 드문 존재들이지. 진짜보수는 초인들이야. 그래서 '나는 보수다'라고 하는 자칭 보수들은 대부분 가짜야. 아무런 '발전적 자기극복의 서사'를 쓰지도 않으면서 편안함만 유지하려는 안일한 수구들이지."

토마스신부의 보수개념은 한국과는 정반대였다. 마치 가톨릭신자가 하느님을 열망하듯이 진보의 도상에 있는 자는 보수를 염원한다는 것이다. 그래서 진보와 보수는 같은 편이다. 그들의 대립적 존재는 수구이다. 그리고 유럽에도 보수인 척하는 징그러운 수구들이 우글우글한단다. 그런 가짜보수들이 종교, 정치, 언론, 법조계를 완전히 장악하고는 민족이 미래로 나아가지 못하도록 발목을 잡아 꼼짝 못하게(마치 오디세이아에서 씨클룝스가 동굴의 우상이 되었듯이) 한다는 것이다.

그래서 나는 이렇게 정리했다. 한국의 보수는 가짜들이 많고 따라서 움직이지 않으며 진보와는 앙숙이다. 반면 에드먼드버크가 만든 아일랜드의 보수주의는 진보의 최종적 형태라서 진보였을 때를 몹시도 그리워한다. 가톨릭국가 아일랜드의 성공회학교 **트리니티**대학 정문에는 **진보**의 상징 올리버골드스미스와 **보수**의 원조 에드먼드버크의 동상이 다정히 마주 보고 서있다. 그 의미는 도대체 무엇일까?

"진정한 보수의 궁극적인 의미는 '이데아와 현상계'의 통합이야. 이상과 현실은 적대적으로 분리된 실체가 아니고 평화로운 합일의 대상이어야 해. 끊임없이 대립적인 것들의 접점을 찾아 서로의 내포와 외연을 합치시켜 나가는 것이 진보의 주어진 길이지. 진보의 의무는 그렇게 불가능해 보이는 것들의 가능성을 열어나가는 것이야. 이상이 바다라면 현실은 암초인 거야. 그래서 따로 생각하면 안 되고, 함께 생각해야 해. **암초가 많기에 항해를 시작하는 것**이 진보의 길인 거야. 그렇게 험난한 항해를 마치면 전일성을 지닌 존재, 즉 진짜보수가 되는 거지."

토마스케네디신부님은 나에게 이렇게 이야기했다. 그리고 나의 영원한 멘토가 되었다.

2006년 더블린 부활절봉기 90주년,
2016년 더블린 부활절봉기 100주년

이베리아반도에서 로마의 침략에 끝까지 저항했던 켈트민족은 **포르투갈**의 기원이 되었고, 중원에서 섬으로 쫓겨나는 설움에도 로마제국에 동화되지 않았던 켈트민족은 **아일랜드**가 되었다. 하지만 포르투갈과 아일랜드는 이후에도 나라 없는 설움을 오래오래 간직해야 했다. 유럽의 유대민족이 된 것이다. 포르투갈은 템플기사단의 헌신으로 그나마 정식국가가 될 수 있었지만, 템플기사들이 멸문지화를 당한 후 그리스도기사단으로 다시 태어나는 과정에서 제대로 된 국가체계를 갖추기 시작했다. 그리곤 그리스도기사단이 주축이 되어 대항해시대를 열자 세계적인 국가가 되었다.

켈트민족은 그리스도교의 오랜 축일인 만성절 전날, 그 모든 성인들을 더 성스럽게 기리기 위해 악귀들을 물리치는 풍습의 할로윈데이를 만들었다. 1755년 할로윈데이 다음날 리스본에는 대지진이 일어나 도시의 대부분이 파괴됐고, 부귀영화로 흥청망청 나대던 포르투갈은 역사의 심연으로 가라앉기 시작했다. 그리고 중세의 초입에 아일랜드가 그랬던 것처럼 포르투갈은 근대의 초입에 조용히 내면이 무르익기 시작했다.

그러다 마침내 1916년의 부활절, 속이 꽉 찬 아일랜드는 독립의 영성을 부르짖었고, 부활절봉기는 비록 당장의 가시적인 해방을 얻지는 못했지만 정신적인 대항해시대를 여는 모티브가 되었다. 새로 태어남! 그것은 아일랜드가 역사의 시련에서 얻은 고귀한 영성을 세계에 전파하는 것이었고, 그 사명의 일부를 聖골룸반외방전교회가 맡은 것이다. 봉기 이후 상승된 해방 투쟁과 더불어서 아일랜드의 정신은 조용히 세계로 퍼져나가기 시작했다.

2006년과 2016년의 부활절, 10년의 터울임에도 더블린의 일상은 예와 다름없이 조용히 부산스러웠지만, 먹구름이 가득했던 여느 때와는 다른 하늘은 창연하기 그지없었으며 리피강을 통해 켈트해로 흐르는 검은 물은 오래전의 아일랜드의 싸울아비들이 흘렸던 순결한 피의 선홍빛을 그대로 기억하고 있었다.

아직도 초봄의 정취가 그대로 남아있는 아침의 더블린, 살포시 쌀쌀하기는 하지만 눈부시게 시린 바람을 맞으며 강가를 거닐 때 멀리 희미하게 출정가가 들려오는 그날의 안개가 이슬로 영글었던 어느 부활절 아침, 침략자의 장총에 맞서 소총으로 대항하여 압제의 그늘보다는 조국의 청초한 하늘에서 죽음을 기꺼이 맞이하려 했던 독립군의 함성이 찢어지는 진혼곡으로 변주되어 귓가에서 잉잉 울렸다.

시간이 가도 공간은 몸속에 남고, 공간이 사라져도 시간은 마음속에 남는 것. 실존의 화두인 '지금 그리고 여기'가 무슨 함의로 존재를 휘감아 옴짝달싹하지 못하도록 옥죄는지? 공간에는 중력이 가시적으로 작용하지만, 시간을 끌어당기는 인지불능의 그 무서운 중력은 존재를 영원히 그 자리를 맴돌게 한다. 그러나 그 두 중력의 차이로 인해 시간은 둘로 나뉜다. 땅의 큰 중력을 받는 '몸의 시간' 크로노스, 하늘의 중력을 조금 받는 '영혼의 시간' 카이로스. 그 크로노스와 카이로스 모두를 담아낸 아픈 더블린은 'here and now'를 균형추 삼아 과거와 미래를 저울질하고 있었다.

파티마 성모발현 100주년 - 리스본대지진의 치유

유럽의 3대 성모성지는 프랑스의 **루르드**, 아일랜드의 **녹** Knock 그리고 포르투갈의 **파티마**이다. 불량한 천주교도의 자기극복 실현이라는 갸륵한 꿈은 모든 성모성지를 순례함으로써 이루어질 수 있을 거라는 막연한 믿음에 나의 성지순례는 한군데씩 실행되었지만, 마침내 중차대한 변수가 생겼다. 1년 전부터 파티마 성모발현 100주년 기념미사에 참여하려고 온갖 준비를 다 했건만, 탄핵정국과 맞물려서 19대 대선이 뜬금없이 2017년 5월의 어느 날이 될 것임이 확실해진 것이다. 100주년 기념일이 5월 13일이니 정해질 대선 날짜에 따라 잘못하면 주권을 행사하지 못한 채 순례를 떠나야 한다는 기우에 마음이 휩싸였지만, 천우신조로 대선일은 출발 바로 전날로 결정되었다. 낮은 영성의 신도에게도 때론 이런 도움이 하늘로부터 내려옴은 그 여느 때는 내가 늘 객체였지만, 때론 내가 우연성을 지닌 주체의 역할을 할 수 있음을 의미하는 것이 아니고 무엇이랴?

미완의 더블린 부활절봉기 다음 해. 포르투갈의 작은 마을 파티마에서의 성모발현은 1917년 5월 13일에 시작되었고, 매월 13일에만 재현되다가 10월 13일에 마지막을 맺었다. 1917년 10월 13일은 템플기사단에 대한 피의 숙청이 시작된 1307년 10월 **13일 금요일**로부터 정확히 610년의 세월이 흐른 날이다. 13일 금요일의 불길함은 템플기사들의 한으로 이슬이 맺힌 것이다. 누명을 쓰고 멸문지화를 당한 템플기사단은 포르투갈의 토마르Tomar에서 그리스도기사단으로 부활했다는데, 토마르에서 그리 멀지 않은 이웃 마을 파티마의 기적은 무슨 의미를 지니는 것일까?

루르드의 성모발현은 프랑스의 모든 민중 혁명이 끝나고 근대가 정신적으로 무르익어가곤 있었지만, 모순적인 '근대의 야만' 인도차이나침공이 발발한 1858년에 일어났다. **녹**의 성모발현은 아일랜드가 대기근이라는 전대미문의 고통을 치르고 나서 독립의 대의가 억압받는 대지에서 한참 피어오르는 1879년에 일어났다.

중세 이후 유럽의 3대 사건은 **리스본대지진, 프랑스대혁명, 아일랜드대기근**이다. 근대의 여명기에 일어난 리스본대지진의 여진은 유럽 전체의 철학과 이념과 제도 그리고 판세까지도 뒤흔들어놓았다. 그리스도기사단의 바스쿠다가마가 시작했던 대항해시대 이후 전 세계에서 노략질해온 금은보화로 흥청망청대던 환락도시 리스본은 1755년 만성절의 한순간에 무너져 내렸다. 하늘이 복만 내린다고 믿어왔던 서구의 지성들은 이후 대재앙도 하늘의 주관임을 깨닫게 되었다니, 중세의 사유체계가 얼마나 편협하고 비이성적이고 이기적이었는지 짐작이 간다. 부귀영화의 오만이 하늘을 찌르던 시절 진짜로 신을 노하게 했던 사건은 스피노자가문 추방이 아니었을까? 포르투갈에서 쫓겨난 **스피노자**가문은 네덜란드로 이주했고, 그래서 포르투갈의 근대의 문은 닫혀버리고 말았다.

유럽의 최강국 포르투갈은 대지진 이후 조용히 쇠락하기 시작하더니 결국은 최빈국이 되었다. 고통과 가난해짐은 모든 치유의 대전제이다. 아파하고 비워냄 없이 진정한 치유는 없는 것. 그렇게 오래 아팠던 포르투갈이 치유되었음을 은유하는 사건이 '파티마 성모발현'이었다. 1497년 포르투갈에서 기원하여 식민시대를 연 '물질적 대항해시대'가 1917년 역사의 수평선 아래로 침강할 무렵 전 세계 식민지들의 독립 열망은 여기저기서 폭발하기 시작했고, 탈식민 투쟁의 중심 아일랜드에서는 聖골롬반외방전교회가 결성되어 '정신적 대항해시대'를 열었다.

* * *

1917년 파티마, 어린이들의 시야는 어른들과는 다른 것. 『어린 왕자』에서처럼 어른들의 눈에는 보이는 것만 보이고, 진정 중요한 것은 보이지 않는 법이다. 성모는 오로지 세 어린이의 마음에만 인식되었고, 미래에 대한 세 예언이 전달되었다. 그 예언들에 진정 어떤 의미가 있는지는 아무도 모른다.

불멸의 산티아고순례길 - 837km

아일랜드는 여러모로 스페인과 깊은 인연이 있다. 에메랄드 빛 섬의 선사시대 첫 거주인들은 모두 이베리아반도에서 건너왔고, 게다가 북부 스페인의 언어와 문화에는 켈트민족의 흔적이 아직도 그대로 진하게 배어있다. 특히나 바스크 지방이 제일 심해서 아직까지도 분리독립운동이 격렬하게 이어지고 있기도 하여, 어쩌면 ETA는 이베리아반도의 IRA일는지도 모른다. 반도의 북부에서는 어떠한 에스파냐의 정체성을 발견하기가 힘들었다. 산티아고순례길 내내 지역마다 발음도 철자도 문법도 다 달랐다. 심지어 바르셀로나의 카탈루냐어는 스페인어가 아닐뿐더러 라틴어의 잔재조차도 없다. 그런데 1000년 전에 북스페인에는 어떤 연유로 동서를 횡단하는 척박한 산길을 따라 그리스도들인의 순례길이 다듬어졌다. 그 순례길은 어느 시인의 표현대로 '별들이 은하수 따라 흐르다가 바람이 되어 머문' 야고보성인의 무덤이 있는 곳까지 이어지며, 그 마을 이름도 '별들이 머무는 산티아고'이다.

깊은 피레네산맥의 프랑스 소촌에서 출발하여 "피레네산맥 너머는 유럽이 아니야"라며 비아냥대더니 결국 산맥을 넘어 이베리아 침공을 감행했던 나폴레옹의 **길**을 따라 산맥을 비 맞아가며 넘고, 대서양 어른대는 산티아고까지의 먼 길을 걸으면 모든 죄가 사해진다는 속설을 무턱대고 믿었다. 과잉 노동으로 걸린 탈진증후군까지 떨쳐버리겠다는 속절없는 마음에, 예루살렘 수호에 실패하여 죄책감에 찌든 템플기사단의 절박한 영혼으로 다듬어진 까미노 산티아고, 그 길을 타박타박 그냥 그렇게 걸었다.

모든 가설은 나름의 오랜 생명성을 지닌다. 큰 공을 짓고도 정치노름의 희생양이 되어 노트르담의 강변에서 집단 화형을 당하며 모든 영예까지도 빼앗긴 템플기사단이 그 도상에서 그리스도기사단으로 그리고 예수회로 다시 태어났다는 역사가설은 스스로 입증되고 싶었다. 마을에서 마을로 이어지는 길들, 길에서 여러 길로 갈라지는 인생의 환승정거장 같은 마을들을 누군가는 그 길을 죄를 갚기 위해 걸었고, 또 누군가는 죄를 지으려고 걷는다. 길에서는 죄가 사해지며 마을에서는 죄가 쌓이는지도 모른다. 하지만 결국 그 '멀고 험한 길'을 지나 '별들이 머문 산티아고'에 꿈꾸듯이 당도했을 때는 모두가 다 똑같은 존재가 된다. 하나의 '산티아고순례길'을 걸은 사람들! 그래서 '그 길을 못 걸은 사람은 많아도 한 번만 걸은 사람은 없다'는 말이 있다.

* * *

20년 전쯤 방송에서 산티아고순례길이 처음 소개되었을 때 '저 먼 길을 어떻게 걸을 수 있지?' 하는 아마득함이 가슴을 뚫고 애련히 저며 나왔지만, 과로에 이어지는 탈진으로 존재가 썩은 파김치가 되어버리자 '지금의 일상보다 저 길이 더 쉽겠다'라는 마음이 생겨났다. 그리고는 떠났다. 그 길은 모두에게 평등한 꿈의 여로였고, 무의식 속에 고이 간직되었던 '잃어버린 시간'들은 결국 모든 '길에서'마다 조금씩 되살아나 의식에 끊임없이 대화를 걸어왔다.

'그 길을 걸어서 가면 모든 업보가 소멸하고, 자전거를 타고 가면 죄의 1/2만 탕감된다'라는 익살스런 미신을 믿었다. 그래서 '이번에 죄를 완불하고 다시는 빚지지 말자'고 다짐하며 발톱이 빠지도록 걸어냈지만, 죄는 노화만큼이나 존재의 필연인지라, 빚은 또 고이 쌓이고야 말았다. 치유로서의 하나의 '죄와 벌'은 또 다른 죄를 낳고, 그에 합당한 벌과 한 짝패가 되어 또 다른 의미의 죄를 낳으며, 그렇게 또 그렇게 죄와 벌은 새로운 의미를 표출하며 모양을 바꾸어 영원히 존재의 세계를 순환한다. 과거와 현재와 미래를 끊임없이 관통하며.

'죄는 뱃속에 쌓이다 결국 분출되는 똥 같은 것이다. 그래서 많이 싸지 말고 조금씩만 싸자.' 그게 나의 산티아고 깨달음이었다. 그리고 오늘도 여전히 '살아있음의 죄'를 짓고 있다. 세상은 모두가 다 죄인이고, 단 깨끗한 척하는 인간과 솔직한 사람만의 차이가 있을 따름이다.

산티아고의 깨달음을 통해 나는 영원한 불가촉 중죄인이고, 다 갚지는 못하고 떠나겠지만 '죄'조차도 법정스님의 말씀대로 '맑고 향기롭게' 하려고 노력해야 할 뿐이며, 따라서 나는 남을 단죄해서는 안 된다. 그럴 아무런 주제도 권한도 없다. 바른 깨달음만이 존재를 치유로 이끄는 것이고, 그게 나의 산티아고의 치유였을지도 모른다. 하지만 세이머스히니의 '트로이의 치유'와 같은 차원이었을까?

3년 만에 오른 스켈리그마이클 산상 수도원

이산의 후예들은 잃어버린 고향의 아쉬움에 본래의 공간을 재현하려는 본능을 가슴에서 지우지 않는다. 아일랜드의 켈트족들은 프랑스에서 살았던 그 오래전 시절에 대한 애련한 그리움이 있다. 한국인 가톨릭교도들의 영혼에도 유교나 불교의 잔재가 조금은 남아있듯이, 가톨릭이 국교인 아일랜드인들의 가슴에도 드루이드교의 흔적은 여전히 꿈틀대고 있었다.

서로마제국이 망한 이후 바이킹들이 활개 치기 시작했고 아일랜드까지 침공했다. 북유럽의 야만인들이 종교유물들을 하도 약탈해가자 아일랜드의 수도사들은 아예 외딴 돌섬, 아일랜드의 목포에서 14km쯤 떨어진 외로운 섬, 독도와 똑같이 생긴 새들의 고향에 수도원을 지었다. 이게 그들의 영성이다. 아무도 꾸지 못하는 꿈을 꾸고선 'why not?' 하며 불가능을 가능의 영역으로 이전시키는 그 특유의 역동성.

스켈리그마이클(마이클 돌섬)은 프랑스 브르타뉴의 몽생미셸과 그 외형이 매우 유사하지만 바람이 많이 부는 섬이라서 접근하기가 어렵다. 오로지 바람이 적어 파도가 작은 날에 소형어선으로만 상륙할 수 있고, 수개월 전에 예약해놓고도 막상 당일에 날씨가 드세어 탐방을 포기해야 하는 경우도 허다하다. 두 번은 아주 멀고 아련한 바다의 고독한 작은 산으로만 바라보았고, 세 번째 시도 끝에 간신히 그 험준한 외길 돌섬을 오를 수 있었다. 공간은 망연한 대해이고, 땅은 자실할 수밖에 없는 물 한 방울 솟지 않는 척박한 돌무더기다. '어떻게 오랜 수도생활에 필요한 물과 먹거리를 구할 수 있었을까?' 닳고 닳아 측은한 속인에겐 이런 세속적 단견밖에는 떠오르지 않는다.

섬을 유린하던 원시인 바이킹들은 '아일랜드의 수사들이 자신들의 야만을 피해, 바다 먼 외로운 섬에 돌집을 지어 신앙밖에는 의지할 게 없는 시간을 견뎌내고 있다'는 사실을 알게 되고는 감화되어, 그들의 척박한 영혼도 스멀스멀 그 고통의 영성에 물들었다. 그들은 남에게 고통을 주다가 타인이 주는 고통을 자신의 영혼에 담아내는 존재가 되어갔다. 가시나무새의 전설은 그렇게 시작되었고, 전설은 영성으로 인해 승화되어 결국 랄프신부에게까지 이어지는 신화가 된 것이다.

나는 스타워즈의 광팬이다. 영화 스타워즈의 감독 조지루카스는 모티브 설정에서 아일랜드계 신화학자 조셉캠벨의 영웅신화이론에서 많은 영향을 받았다고 한다. 캠벨의 사유도 제임스조이스의『피네간의 경야』를 읽고 깊어진 거라고 하니 이 래저래 켈트신화는 현대의 가장 위대한 SF에 지대한 공헌을 끼친 셈이다. 스타워즈8의 주요 배경은 바로 '스켈리그마이클' 이다. **'포스가 그대와 함께 하기를(May the force be with you)'** 이라는 명대사를 남기며 루크스카이워커가 자신의 보검을 레이에게 전해주는 잊을 수 없는 그 장면을 떠올리며 전 세계 수많은 여행객들이 그 성스러운 돌섬을 방문한다. 영성으로도 버티어낼 수 없을 기후변화로 더 이상의 수도생활이 어려워졌고 이후 무려 1000년간을 잊혀진 섬으로 남았던 스켈리그마이클의 꿈은 이제 다시 새 세상을 꿈틀거리게 한다.

Croagh Patrick - 아일랜드의 성산聖山

아일랜드에서 가장 영靈하다는 산, 그 나라 가톨릭신자에겐 Must인 3대 성지, 존례년, 오노요코 부부가 늘 바라다보며 여생을 채우기를 꿈꾸었던 곳, 아일랜드의 헬레나 '그레이스켈리'가 하이힐에 정장 차림으로 우아하게 올랐던 돌산. (여느 아일랜드산도 다 돌산이다. 아일랜드에 뱀이 살지 않는 이유는 패트릭성인이 죄악의 상징인 뱀을 다 죽여서가 아니라, 섬 자체가 하나의 큰 돌이기 때문이다.)

돌산이 더 영靈한 이유는 물리학적으로도 밝혀졌다나? 돌은 에너지를 더 빨리 전달시키기 때문이라는데, 아직까지도 과학적으로 입증이 어려운 자연현상은 무수히 많다. 스피노자에 의하면 '신즉자연'이라 자연은 인간의 협소한 인지능 밖에서 군림하는가보다. 반석에 오르면 소원이 이루어진다는 설도 어느 타당한 근거가 있을지도 모른다.

짜라투스트라는 실스마리아의 산정에서 생명처럼 흐르는 구름을 바라보며 초인의 깨달음을 얻었다. 파우스트박사도 산에서 많은 깨달음을 얻었고, 『율리시즈』의 凡人이었던 리오폴드블룸의 영감도 지브롤터의 돌산에서 흘러나온 것이고, 『유리알유희』의 명인 요제프크네히트도 자연을 동경하다가 산에서 존재를 마감한다. 헨리데이빗소로우도 산과 호수가 어우러진 곳에 작은 오두막을 짓고 홀로 살다가 인류를 구원할 위대한 사상을 전해 받는다.

도자의 무위자연, 루소의 회귀자연, 스피노자의 신즉자연은 허튼 명제가 아니다. 인간의 능력이 아무리 뛰어나다 하여도, 인간은 결코 자연을 지배하는 주체가 될 수는 없다. 하지만 자연에 일방적으로 종속당하는 것도 이미 아니다. 화평하려면 자연이 지시하더라도 대화를 할 수 있는 상호주체성을 세우지 않으면 안 된다. 상호주체성은 평화를 지향하는 모든 존재 간의 원리이다.

왜 이리도 코로나19가 오래 가는가? 인류가 자연의 소리에 청각을 바로 세우지 않았고, 또한 대화하려 하지 않았기 때문이다. 안토니오가우디가 "하느님은 서두르지 않으신다"라고 했지만, 자연도 하늘처럼 서두르지 않는다. 예이츠도 시 '이니스프리의 호수섬'에서 '평화는 하늘로부터 천천히 나리노니'라고 했다. 지금의 큰 문제가 바로 풀리지 않는 이유는 작은 야생동물 한 마리도 범접할 수 없을 정도로 과잉경계가 자연과 인간계 사이에 이미 오래 설정되어 있었기 때문이다. 자연성이 없는 곳엔 생명성도 창조성도 없고, 오로지 무미건조한 복제만 있을 뿐이다. 단순복제의 끝은 창백한 죽음이다.

사랑도 치유도 구원도 다 공空한 하늘로부터 색色한 자연을 통해 천천히 흘러 내려오는 것이다. 반야심경의 '색즉시공 공즉시색'이 스피노자의 '신즉자연'과 뭐가 다르단 말인가? 구원받고 싶으면 구별과 차별의 명료한 경계를 해체해야 한다. 경계는 막아내는 선이 아니라 통과의 의례가 제대로 지켜지는 공간이어야 한다. '내로남불', '나는 진리 너는 미신'식의 이기주의는 세상을 더 병들게 할 뿐이다. 사랑받아 치유받고, 그래서 구원받고 싶으면 다 열어야 한다. 닫으면 다 죽는다.

Station Island, 삶의 필연적 정거장,
어느 작은 순례자의 섬

세이머스히니의 대표작 '정거장 섬Station Island'은 그가 아일랜드 국경지역 어느 호수에 있는 작은 순례자의 섬에서 영감을 받아 쓴 시이다. 삶에서의 정류장은 의미가 무엇일까? 어느 행선지를 가기 위해선 필히 거쳐야 하는, 기차가 한 번에 가지 않아 바꿔 타기 위해 어쩔 수 없이 머물러야 하는 곳. 결여되어 완행의 인생을 살아야 하는 민초들에게 어쩔 수 없이 주어지는 삶의 필연들. 급행을 타면 크게 의미를 두지 않아도, 직행을 타면 굳이 거치지 않아도 좋을 삶의 작은 경계와 경계들. 삶의 좌표와 방향들이 연결되어 큰 변화를 줄 수도 있는 교차점. 하지만 길고 험한 여정에 지쳐 하염없이 멍 때릴 수밖에 없기도 한 지점들. 잠시 스쳐 지나가면서도 서로가 우연히 같은 시공간에 있을 뿐 이후엔 어디로 향하는지 모르는 채 별리해야 하는 인연들이 함께 잠시 머무는 곳.

멜랑콜리커들의 가장 소중한 매 순간순간 바로 이곳, Here and Now! 존재들 간에 찰나의 시간과 한정된 공간만이 공유되는 그 심오한 경계지점에서 무슨 삶의 의미가 찾아져야 하는지? 결국은 더 큰 삶을 받아 또한 견디고 채워야 할 선택을 해야 하는 그 중차대한 때에 무기력하게 무너지지는 않기 위해, 사람은 모든 삶의 도상에서 자아의 내면을 끊임없이 성찰하고 담금질해야 한다. 아무리 새로운 길이 더 멀고 험할지라도 우리는 그 방향을 선택하지 않으면 안 된다. 멀고 어려운 길이 진정한 자유의 길이다.

급행이든 완행이든, 직행이든 환승이든, 어느 것을 타더라도 인생의 모든 티켓은 **편도**이다. 이 작은 삶의 모든 여정은 아무리 쉽고 단순해 보일지라도 결코 다시 돌아올 수 없는 길의 불규칙한 연속이다. 다시는 같은 시공간으로 되돌아올 수 없음을 알아 우리는 그 각각의 정거장에서 중대한 결의를 해야만 한다. 시공간이 잠시 느리게 머무는 여유로운 그 교차의 지점에서 진정한 **자유**란 능히 더 높고 어려운 길을 향함이고, 진정한 **사랑**이란 그 길을 찾아 택하도록 서로 도와주는 게 아니고 무엇일까?

황량한 대지를 적시는 비바람이 도무지 멈출 줄을 모르는 북부 아일랜드 도네갈주州 어느 작은 호수 '더그', 그 안의 몇 에이커 안 되는 조용한 섬 'Station Island'. 마을로 이어지는 마을의 경계가 복잡한 분단된 아일랜드를 차로 여러 번이나 국경을 이리저리 넘어가며 겨우 당도한 패트릭성인의 연옥, 그 작고 아름다운 생生의 정거장. 연옥은 하늘로 이어지는 정류

장일까? 땅의 감옥에서 맹렬히 뿜어내는 중력을 이겨내어 하늘나라를 누리려면 호수를 건너 작은 섬의 꼭 그렇게 순례해야 하는가? 그 정거장에서 다음엔 어디로 향하는 배를 타야 하는 거지? 그렇게 마음속의 피정을 마친 후, 다시금 그 복잡한 분단의 경계들을 넘고 넘어서 聖골룸반외방전교회로 향했다.

이제 내게 주어진 생의 필연적 정거장들은 다 스쳐 지나온 것 같다. 완행 특유의 수없이 많았지만 아무런 이정표가 없었던 환승장들, 어디서는 현명했지만 몇 군데에서는 지지리도 어리석은 선택을 했었다. 이제 더 이상의 회한은 사치스런 자기기만이자 삶의 직무유기일 뿐이다. 천천히 이울어지는 삶을 조용히 어루만지며 이제는 부족했던 것들을 조금씩 채워야겠다. 아일랜드의 서정시나 실컷 읽으며, 고대의 음유시인이 다시금 되려는 마음으로.

* * *

서론은 나의 서툰 무의지적 기억에 의존하여 어느 의식의 흐름을 정렬한 것이다. 그래서 너무 정교하지는 못하지만, 너무 철두철미한 것은 본질을 은폐할 수 있음을 알아 그냥 있는 그대로 봐주기로 했다. 인간계는 완벽하지 못한 '상대성의 세계'이기에 부족한 것이 진정 올바른 것일 수도 있다. 모두가 다

온전하다면 주고받을 일이 없을 것 아닌가? 이제부터의 본문은 주로 신부님의 생각을 정리한 것이며, 용서받아 영혼이 치유되어야 하는 시공간이다.

이타카로 향한 여행을 시작할 때는 그 여정이 길고,

또한 모험과 지혜로 가득 차기를 기도하세요.

레스트리고니언스와 씨클롭스 그리고 화가 난 포세이돈

-그들을 두려워 마십시오.

그대의 思念이 항상 고결하며

아름다운 감성이 그대의 영혼과 육체를 계속해서 자극한다면,

여행길에서 그대는 그들을 만나지 않을 것입니다.

레스트리고니언스와 씨클롭스 그리고 난폭한 포세이돈

-그대는 그들과 결코 조우하지 않을 것입니다.

그대가 그들을 당신 영혼 속으로 들어오도록 하지 않는다면,

그대의 영혼이 그들을 당신 앞에 세우지 않는다면.

- 「Ithaca」, C.P.카바피, 그리스의 시인 -

본문

토마스케네디신부님의 '케네디와 『율리시즈』'

본문은 대부분 **해방신학자** 토마스케네디가 들려준, **해방문학가** 제임스조이스와 **해방정치가** JFK의 이야기를 필자가 정리한 것이다. 아마도 토마스신부가 해방신학자 이전의 **진보적인 보수주의자, 미래를 사랑하는 고전주의자**였기에 이런 글들이 나왔으리라. 그의 생각에 따르면 진정한 해방신학자는 헤브라이즘 외에 헬레니즘 공부를 많이 해야 한단다. 그리곤 자신도 다른 인문학자(아마도 토마스아퀴나스)처럼 그 대립적인 두 사상을 통합하려 많은 사유를 했다고 한다.

그의 이론에 의하면, 신화를 문자 그대로만 읽는 건 과일을 껍질만 핥는 것과 같다. 해체되지 않은 신화는 결코 숨겨진 의미를 온전히 드러내지 않는다. 텍스트는 수박과 같으므로, 참맛을 보기 위해선 칼로 두꺼운 껍질을 관통하여 썰어야 한다. 하지만 써는 방법을 달리하여 의미의 차이를 계속해서 만들어내야 한다. 차이가 있어야만 세상은 순환하여 삶이 유지되기 때문이다. 롤랑바르트가 그랬다. "저자는 사라지지만, 독자는 태어난다"고. 그렇게 진리는 사람들에게 다 다르다.

그래서 최초의 인간 신화는 '오딧세이아'이고 최후의 신화적 인간은 'JFK'라는데, 도무지 공감이 가지 않는다. 기껏해야 Homo Sapiens Sapiens인 일개 인간이 어찌 Homo Deus를 논한단 말인가? 그의 해방신학은 매우 위험하다. 그리스로마신화에서도 인간구원의 모티브를 따오다니.

비련의 왕 오이디푸스 – 최초의 '보헤미안이자 구원자'

오이디푸스는 도대체 어떤 존재인가?

① 어머니와 결혼하려고 아버지를 살해한 희대의 패륜아인 지?

② 남성우월주의에 저항했으나 결국 기존질서에 굴종하고 는 더 끈질긴 수구가 된 건지?

③ 조국을 구하려고 남근중심주의를 버리고 페미니즘을 선택한 지혜로운 왕인지?

①은 프로이트의 생각으로 '꿈의 해석을 통한 정신분석'으로 연결된다. 오이디푸스는 괴이한 패륜의 상징이다. 표면적으론 어머니와 결혼하기 위해서 아버지를 죽였고, 결국 어머니와 결혼해서 자손을 번성시켰다. 그래서 프로이트는 '남자아이가 아빠를 미워하고 엄마를 흠모하는 성향'을 '오이디푸스 콤플렉스'라고 이론화했다.

하지만 오이디푸스에게는 의도적으로 아버지를 죽이고 어머니와 결혼하고 싶었던 마음이 전혀 없었다. 아기 때 버려진 오이디푸스는 아버지인 줄 모르고 라이오스를 죽였고, 어머니인 줄도 모르고 이오카스테와 결혼했다. 그는 주어진 신탁을 따랐을 뿐 반인륜적 패륜아는 아니다. 역병에서 조국을 구하고도 죄책감을 못 이겨 자해한 후 왕위까지도 버리지 않았던가?

②는 들뢰즈의 논리로 희대의 명저 『안티오이디푸스』를 낳았다. 젊을 땐 '편향된 부성지배로 병적으로 구조화된 세상에' 저항은 했으나, 곧 순응하여 더 굳센 기성세대들이 되어버린 586들 같다, 이미 그들은 686이 되어간다. 수구적 구조주의는 기득권층의 지배담론이기에 세월이 갈수록 구조는 정말로 깨기 힘들어진다.

③은 토마스신부의 생각으로 '케네디와 율리시즈', '선악의 단상'의 근거가 된다. 오이디푸스서사는 시대에 맞게 달리 이해되어야 한다. 2400년 전에 이미 소포클레스는 오이디푸스신화를 재해석하여 비극적 의미를 부여했다. 남성주의가 주도하는 사회상(과잉성장, 싸움, 거짓, 권력, 폭력, 범죄, 타락, 향락, 물신)을 치유하기 위해 균형과 조화가 필요하다. 오이디푸스는 병든 조국 테베를 구원하기 위해 페미니스트의 길을 선택했다.

프레디머큐리의 '보헤미안 랩소디'를 재음미해보자. 오이디푸스는 내면의 남성성을 죽이고 여성성을 택했다. 불치의 역병이 든 세상을 구하기 위해서 타성적 질서를 깨고 거기에 균형과 조화로움을 부여했을 따름이다. 오이디푸스는 패륜아가 아니고 진정한 구원자였다. 통속적으로 이해되는 '오이디푸스 콤플렉스'는 '엘렉트라 콤플렉스'와 마찬가지로 **없다.**

* * *

20세기의 초입을 연 가장 진보적인 학문은 **인류학**과 **양자물리학**이다. 구조주의인류학자 레비스트로스에 의하면, 모든 신화에는 인간이 '진보하는 주체'가 되기를 바라는 마음이 있단다. **신화**는 은유와 환유가 뒤범벅되어, 겉과 속이 다른 기막힌 풍자이다. 따라서 자세히 읽되 **몸**으로도 **마음**으로도 **영혼**으로도 읽어야 한다. 모든 인간은 해석주체이다. 따라서 아무런 해석도 완벽하지 않고, 수천 년이 지난 아직까지도 여전히 새로운 해석의 여지가 있다. 다르고 참신한 해석들이 계속해서 나오기를 기다리는 게 삶의 참 의미다. 다양함의 추구와 진보! 그리고 '보수 = 진보의 완성, 수구 = 진보를 거부'하는 것. 따라서 진짜보수는 진보의 시절을 그리워한다.

결코 증명될 수 없는 어느 인류학 가설

신라민족이 훈족과 뿌리가 같고, 고구려민족은 켈트족과 뿌리가 같다?

훈족이 헝가리를, 켈트족은 아일랜드를 만들었다.

『율리시즈』의 주인공은 왜 **'헝가리-유대계-아일랜드인'**으로 다중경계인일까?

어느 이론에 의하면 1만 년 전 즈음에 급격한 기후변화로 유럽계 호모사피엔스들의 일파가 더 나은 삶을 위하여 동방이동을 시작했다. 그들은 풍요로운 중앙아시아에 정착해 하나의 민족을 일구었다. 또 수천 년이 지났고 나른한 안온함은 타성으로 변질됐다. 모태자연은 자식의 타성을 결코 용서하지 않아, 주로 기후변화와 신종바이러스를 통해서 끊임없는 시련을 준다. 그렇게 세상은 또 바뀌어 옥토는 황무지로 변모해갔다.

삶의 부족함과 불완전함은 분화의 촉매제이다. 다정했던 형제들은 생존을 위해 이산하기로 했다. 다 함께 한쪽으로 몰려다니면 공멸하므로 반반씩 반대 방향으로 가기로 했다. 별리하는 형제들의 중원은 하염없이 찢어지는 눈물의 대지가 되었다. 헤어지는 형제들은 약속했다. 동쪽을 택해서 가건, 서쪽으로 향해서 가건, 갈 수 있을 때까지 가서, 더 이상 갈 수 없을 때까지 가서는 결국은 형상이 닮은 대지들을 차지하기로. 그리곤 똑같이 위대해지기로.

오랜 세월이 지난 후에라도 얼굴이 변한 형제들이 서로가 언젠가 한 핏줄이었음을 알아볼 수 있도록 그들은 몇 개의 사랑의 정신적 징표를 정했다. 동족이 죽으면 고인돌을 지어 황천으로의 여정을 애도할 것, 다리가 셋 달린 까마귀를 섬길 것, 강인함으로 온갖 고난과 역경을 견뎌내어 정신에 고유한 독특한 문양을 새길 것.

서쪽으로 떠난 무리는 점점 희붉은 색의 피부를 가지게 되었다. 동방 순례를 감행한 또 다른 무리는 더 노란색으로 피부색이 변모해갔다. 그리고 얼굴의 문양도 조금씩 달라졌다. 대이동 간에 또 다른 작은 이산들이 있기는 했지만 서진을 고집한 큰 무리는 결국 갈리아*땅에 우선 안착했다. 동진한 무리는 온갖 고난을 감내해가다 결국 만주의 풍요로운 대지에 정착했다.

갈리아에 정주한 무리에게 '켈토이'족, 만주에 정착한 무리에겐 '부여'족이라는 명칭이 주어졌다. 이 형제였던 민족들은

* 갈리아는 지금의 프랑스

다툼을 발전적 분화의 씨앗으로 알아 언제나 기꺼이 받아들였다. 갈리아족들에겐 다시 내분이 일어났고, 그중 절반의 무리는 험준한 피레네산맥을 넘어 이베리아반도로 이주했다. 이제는 이베리아족이 된 갈리아족들은 다시 분열했다. 그래서 또 절반의 무리가 이산을 감행했으나 땅끝에서는 반도를 넘어 바다를 선택할 수밖에 없었다.

한계상황이 깊어져야 근본적인 변화를 추구하게 된다. 그들은 배를 만들어 신대륙을 향해 항해를 시도했다. 이베리아반도를 떠난 일부들은 겨우 하이버니아섬에 표착했다. 날개가 강인해야 알바트로스처럼 높이 그리고 멀리 날 수 있는 것이라, 인류 최초의 대항해는 고작 그게 전부였다.

오래 고통 받은 영혼들의 고고학

'하이버니아'로의 이베리아계 켈트족의 이동은 아일랜드性의 시작이다. 황량한 섬은 반도보다 춥고 배고팠다. 아일랜드에서의 반만년 고난사는 그렇게 시작되었다. 그로부터 그들은 진정한 역경의 의미를 영혼에 새기기 시작했다. 그들은 동진한 형제들과 약속한 대로 민족 전통 특유의 돌무덤인 고인돌을 부지런히 지었다.

이후 그들은 오랜 세월 동안 고통을 연구했다. 고통이 어디서 와서, 어떻게 커지거나 작아지고, 또한 임무를 다한 후 어디로 가는지? 어떻게 사람을 성장시키고, 삶을 생성하고 파괴하는지? 고통이 손님처럼 공손하게 애써 나를 찾아왔는데 박대해서 매몰차게 내몬다면, 이후엔 어떻게 되는 건지? 쫓겨나면 그냥 영원히 가버리고 마는 걸까? 아니면 모양을 바꾸어 영원히 회귀하는 걸까? 아일랜드의 켈트인들은 그렇게 신화와 전설의 고난 5인방(시시포스, 프로메테우스, 오이디푸스, 오디세우스, 아더)을 따르며 '고통을 영혼 속에 담아내어 영혼의 결핍을 채우는' 민족이 되었다.

그리스 – 야만에서 문명으로,
역사를 신화로, 신화를 비극으로, 비극을 철학으로

고대의 그리스는 자기네만 중심이었고, 나머지는 다 변방이었다. 전지전능한 제우스신의 후손, 옛 그리스인들은 켈트민족이 살고 있는 유럽의 풍요로운 중원을 '갈리아'라고 불렀고, 피레네산맥을 넘어선 태양의 대지를 '히스파니아', 지금의 영국 땅을 '브리타니아', 그 서쪽 끝 비바람 황량한 감자모양의 섬을 '하이버니아'라고 불렀다.

켈트민족 수난사를 이해하려면 그리스비극을 알아야 한다. 아일랜드인들은 그리스비극을 민족이 가야 할 길의 이정표로 삼았기 때문이다. 그렇게 그들은 그리스비극의 방식으로 고통을 채우다가 해방이 임박해오자 근대의 제임스조이스는 호메로스의 오디세이아를 변용하여 더블린의『율리시즈』로 재현했다. (오디세우스와 율리시즈는 동의어이다. 그리스의 **오디세우스**는 라틴어로 **울릭세스**, 프랑스어로 **율리시**, 영어로는 **율리시즈**로 변화한다.)

오디세우스 ▶ 울릭세스 ▶ 율리시 ▶ 율리시즈

그의 정신은 『일리아드, 오디세이아』로부터 왔다

호메로스가 '아킬레스'와 '오디세우스' 두 영웅의 신화를 모티브로 쓴 대서사시 『일리아드, 오디세이아』는 기원전 13세기에 실제 일어났던 트로이전쟁에 관해 구전되어 내려온 이야기이다*.

소아시아반도의 철없는 왕자들, 헥토르와 파리스 형제는 왕궁의 연회에 초대되었는데 스파르타의 왕 메넬라오스의 부인 헬레네를 납치해 고국 트로이로 도망쳤다. 패륜이 부른 트로이전쟁은 인류 최초의 국제전이 되었다. 메넬라오스의 형이자, 미케네의 왕 아가멤논은 자신이 총사령관, 아킬레스와 오디세우스를 부사령관으로 하는 그리스연합군을 조성했다. 하지만 전쟁의 여신 아르테미스가 불허하는 바람에 전함들이 진군할 수 없게 되었다. 이에 아가멤논은 딸 이피게네이아를 제물로 바쳐서 여신의 허락을 구해낸다. 그러나 가정을 해하고 조국을 택한 아가멤논에게 부인 클리타임네스트라는 노여움의 잔인한 불길을 가슴 속에 지피기 시작했다. 또 다른 비극이

---

* 일리아드는 일리온(트로이왕국)의 노래, 오디세이아는 오디세우스의 이야기라는 뜻

시작된 것이다. 오이디푸스 콤플렉스에 비견되는 **엘렉트라 콤플렉스****가 여기서 파생되었다.

이런 우여곡절을 겪은 후 겨우 그리스해군은 바다 건너 트로이로의 진격을 시작했다. 아킬레스는 **힘**의 상징, 오디세우스는 **지혜**의 상징이었다. 찌질한 아들들과는 다른, 현자 프리아모스가 다스리는 트로이성은 견고했으며, 아킬레스는 아킬레스건에 화살을 맞고는 전사했다. 전쟁은 지리멸렬 10년 이상을 끌었고, 결국 오디세우스의 지략으로 트로이목마작전이 성공하여 그리스연합군은 트로이성을 함락했다. 이 전쟁이 끝날 무렵의 이야기를 긴 운문으로 묘사한 것이 바로 **일리아스**이다.

승전 후 아가멤논은 트로이공주 카산드라를 볼모로 잡아온다. 카산드라는 전쟁 전에 아폴론과 의도적으로 키스하여 예언의 능력을 훔쳤지만, 이 계략을 깨닫고 노여워한 아폴론은 카산드라와 다시 키스하여 신뢰받는 능력을 빼앗아간다. 뭔가를 훔치기 위해 벌이는 가짜 애정행각은 늘 화를 부르게 된다. 이후 언변은 뛰어나지만 믿어주는 이 아무도 없는 가련한 정황을 **'카산드라의 저주'**라고 한다.

신비로운 예지능력을 지닌 카산드라는 귀환 도중 아가멤논

** 딸이 엄마를 증오하고 아빠를 사랑하는 마음. 엘렉트라 콤플렉스는 오이디푸스 콤플렉스와 더불어 남근 중심주의의 큰 화두가 되었다.

에게 귀국 후 부인에게 살해당할 거라고 경고를 했지만, 아무도 신뢰가 없는 카산드라의 예언을 믿지 않았다. 아폴론의 저주 때문이었다. 남편이 총사령관으로 고군분투할 때, 딸의 죽음으로 복수의 칼을 갈던 클리타임네스트라는 신하 아이기스토스와 연정을 불태우며 아가멤논 암살을 도모하고 있었다. 그리곤 전쟁영웅이 귀환하자 왕궁에서 무참히 살해해버렸다. 그러자 딸 엘렉트라는 모친을 증오하게 되고, 남동생 오레스테스와 함께 공모하여 엄마 클리타임네스트라를 죽인다.

승리한 총사령관 아가멤논 군단은 신속하게 귀환한 반면, 전쟁승리의 일등공신 오디세우스는 정작 해신 포세이돈의 저주를 사게 되어 1주일이면 충분할 귀국이 무려 20년이나 걸리게 된다. 민간에 구전되어오던 그 오랜 세월 우여곡절의 영웅담을 호메로스가 대서사시로 재현한 것이 바로 '오디세이아'이다. 이에 신화를 바탕으로 한 대서사시 이후 최초의 **그리스 비극**이 탄생했고, 패륜과 증오와 죽음의 악순환 고리는 끊어지지 않으면서도 새로운 역사가 창조되었다.

헬레니즘을 만든 4인방
- 소크라테스, 플라톤, 아리스토텔레스, 알렉산더

   그리스비극의 정신은 철학으로 승화했다. 비극을 토대로, 기존세상을 전복시킬만한 '혁명적인 새 철학'을 세상에 퍼트린 최초의 학자는 소크라테스이다. 하지만 소크라테스는 한 권의 책도 남기지 않았다. 그는 "내가 아는 유일한 한 가지는 **내가 아무것도 모른다**는 사실이다"라고 할 정도로 겸손과 '무지無知의 지知' 정신을 강조했다. 결국, 그는 세상에 불온사상을 전파한 죄로 사형선고를 받았다. 제자들이 간수를 매수하여 스승의 탈출을 도모했지만, 소크라테스는 끝내 죽음을 받아들였다. 그는 독배를 마시기 전 제자들께 "나는 이제 치유되었으니 자네들은 **아스클레피오스** 신전에 닭 한 마리를 바치게나"라고 했다. 그는 **죽음을 '완전한 치유'**로 인식했고 그래서 생의 종말을 받아들이면서도 치유의 신께 감사하는 마음을 가지고 있었다.

   세상에서 제일 아름다운 관계는 스승과 제자 사이다. 소크라테스의 수제자는 플라톤이다. 플라톤의 방대한 저작 대부분은 소크라테스의 생각들을 대화 형식으로 정리해놓은 것이다. 은혜로운 스승 덕택에 플라톤은 서구철학의 거인이 되었으며, 화이트헤드에 의하면, '모든 서양철학은 플라톤을 인용한 것'이다. 플라톤의 수제자는 아리스토텔레스이다. 아리스토텔레스는 철학을 윤리학, 자연철학, 형이상학으로 진화시켜 세상의 진보를 위한 실용적 토대를 다졌다. 아리스토텔레스의 수제자는 알렉산더대왕이다. 알렉산더는 변방 마케도니아인이라는 한계를 극복하고 그리스를 통일한 후 동방원정에 나선다. 그는 정복지에서 지배자로만 군림하려 하지 않고, 그리스의 문화를 전파하고 또한 동방의 문물을 수용하면서 동서의 통합을 도모해나갔다. 그는 여러 정복도시를 알렉산드리아로 개칭한 후 대형도서관을 건립하여 인문학을 보급했다. 이는 근대의 식민분열책과는 완전히 대비된다. 식민분열책은 식민지 민중을 무지하게 한 후 서로 분열시켜 싸우게 하는 정책이다. 그래야 효율적인 영구 지배가 가능하기 때문이다. 알렉산더 대왕의 이 동서를 통합하려는 인본주의의 이름이 **헬레니즘***이다.

---

* 헬레니즘은 트로이왕국으로 납치되어 호메로스에게 일리아드를 쓰게 한 스파르타 왕비 헬레나에게서 유래한 것이다. 헬레나는 토마스아퀴나스의 美의 3요소, 전일성, 조화로움, 광휘를 지닌 미인이었다.

영원한 맞수 – 헤브라이즘 vs. 헬레니즘

신약이 그리스어로 쓰였을 만큼 그리스정신이 유럽에 미친 영향은 지대하다. '기독교는 영성화된 플라톤주의이며, 헬레니즘은 세속화된 플라톤주의이다'라는 말도 있다. 하지만 헤브라이즘과 헬레니즘은 매우 대립적이다. 예컨대 유일신과 다신론, 선민의식과 평등사상, 획일성과 다양성, 대립적이분법과 포용적이분법 등등 도저히 함께하기 어려운 파괴적 관계성이 짙다.

로마제국은 처음에는 헬레니즘만 받아들였고 기독교를 박해했지만 결국 헤브라이즘도 수용하게 되었다. 이후 양대 사상은 서구이념의 어쩔 수 없는 두 축이 되었고, 그 대립적인 사상을 포용적으로 이해하고 통합하는 것이 모든 서구지성의 화두가 되었다.

서구지성사에서 헬레니즘과 헤브라이즘을 화합시키려는 노력의 축은 아우구스티누스, 토마스아퀴나스, 단테알리기에리, 요한볼프강폰괴테, 제임스조이스로 이어졌다. 로마제국의 속국인이었지만 후대 가톨릭 교부에 오른 **아우구스티누스**

는 고백록으로 헤브라이즘과 헬레니즘을 통합하려 했고, **토마스아퀴나스**신부님은 신학대전으로 헤브라이즘과 헬레니즘을 통합하려 했고, **단테**는 라틴어 대신 쉬운 피렌체어로 신곡을 써서 헬레니즘과 헤브라이즘을 통합하려 했다. 르네상스 최고 작가 단테의 진짜 업적은 이탈리아의 국어를 라틴어에서 피렌체어로 바꾼 혁명이다. **(언어가 어려우면 소수 권력층이 기득권과 문화를 향유하는 독점체제로 전락하지만, 언어가 쉬워지면 만인이 문화를 누릴 수 있다. 따라서 우리의 세종대왕은 진정한 왕이시다.)**

괴테의 『젊은 베르테르의 슬픔』에서 주인공 의식이 '호메로스 → 클롭슈톡 → 오시안*'으로 툭툭 도약하듯이 흐르는 것과 구원자가 되기 위해 모든 학문을 공부하고 심지어 악마와도 거래를 하다가 결국 인류 최고의 미녀 헬레나와 결혼하게 되는 『파우스트』는 통합정신의 극치를 보여준다.

단테의 신곡이 신성에 의한 구원극이라면, **조이스**가 쓴 『율리시즈』는 인간들에 의한 구원극이다. 신곡이 인류가 중세를 탈출하여 근대로 향해 헤엄치게 도와주었다면, 아일랜드인이 쓴 인곡은 헤브라이즘과 헬레니즘을 제대로 통합하여 인류가 근대의 압제에서 벗어나 후기근대로 항행하는 길을 열어주었다.

---

* 호메로스는 그리스의 서사시인, 클롭슈톡은 독일의 자연시인, 오시안은 켈트의 음유시인

로마 - 트로이전쟁의 패잔병 후예들이 서방세계를 지배하게 되고, 켈트민족의 운명까지 결정하다

모든 게 '영원히 회귀'하듯이 역사도 돌밭의 수레바퀴처럼 덜컹대며 비슷하게 돌고 돈다. 트로이왕국은 패망했지만 프리아모스왕에게는 영민한 신하가 있어 왕국의 꺼져가는 불씨를 이탈리아반도에서 되살려냈다. 아이네아스가 소아시아반도를 탈출해서 새 국가를 건설하는 서사는 베르길리우스의 『아이네이드』에 잘 묘사되어있다. 아이네이드는 『일리아드, 오디세이아』와 읽는 느낌이 비슷하다. 이후의 로마역사를 쉽게 이해하기 위해선 시오노나나미의 『로마인이야기』가 좋다. 에드워드기번의 『로마제국쇠망사』, 리비우스의 『로마사』, 마키아벨리의 『로마사논고』는 조금 어렵다.

아이네아스와 로물루스-레무스형제간의 관계는 읽고 나면 헷갈리므로. 차라리 복잡한 과거는 하늘로 덮어버리고, 역사의 인과를 사필귀정임을 알아 천명으로 기다리는 게 더 마음이 편할 때가 많다. 우리와 일본도 마찬가지다. 인간은 모두 한 늑대 젖을 빨고 자란 형제가 아니던가?

한때 중원의 켈트족은 이탈리아반도를 침공해서 로마제국

의 간담을 서늘케 한 적이 있었지만, 켈트족의 주특기는 고난에 대비 없이 놀고 마시고 먹는데 일상을 소진하는 그런 야만족이었다. 로마제국은 그런 모습을 보곤 가만히 있지를 못한다. 미개인들을 동화시키고 고대적으로 문명화시키는 게 자신들 제국의 의무라 생각했다.

기원전 58년 율리우스카이사르를 총사령관으로 하는 로마군단은 갈리아를 침공했다. 놀고먹는 데에 익숙한 켈트민족은 혼비백산해서 사방으로 튀었다. 그렇게 켈트민족의 디아스포라가 또 시작되었다. 자기네가 젤 잘난 줄 알고, 외세에 아무런 굴종도 동화도 싫었던 켈트민족은 정든 땅을 버리고 도버해협을 건너 브리타니아로 이주했다. 그렇지만 집요한 지배욕의 카이사르는 브리타니아마저 침략하여 속주로 만들어버렸다. 자존심만은 남아있던 켈트민족의 사전에는 '지배도 피지배'도 없다. 그래서 또다시 디아스포라를 감행했다. 일부는 북쪽의 칼레도니아로, 다른 일부는 서쪽 웨일스로, 그리고 로마와 피 섞이는 것을 강하게 거부했던 순혈종들은 서쪽 해협을 건너 하이버니아로 이주했다. 제아무리 카이사르였지만 바다를 두 번 건너기는 힘들었는지 아일랜드 침공을 포기했고, 너무 추워서인지 북녘 스코틀랜드마저도 포기했다.

켈트민족은 자신들의 안온한 삶을 훼방한 로마제국에 끝까지 저항했지만, 2000년이 지난 아직까지도 아일랜드는 바티칸에 가장 충실한 나라로 남아있다. 역사의 운명은 모르는 거고, 알더라도 인과성이 애매한 모순의 연속이다. 물리적 지배를 면피한 아일랜드가 로마의 영적인 지배를 받게 되다니! 엄밀히 따지면 아일랜드는 로마가 아닌 로만가톨릭, 즉 바티칸의 영성을 주체적으로 따르게 된 것이다.

브리타니아의 켈트민족은 여러 종족으로 분열되었지만, 로마가 침공하자 통일의 대의가 생겼다. 위기에 빠져야지만 비로소 단합하는 것. 탈식민주의는 식민주의를 반드시 따른다. 하지만 해방되고 나면 또 내적으로 갈라선다. 신식민주의의 내면적 형태인 내부식민주의는 식민주의가 뿌려놓은 마약 때문이다. 식민지배자가 했던 똑같은 방식으로 자기네들끼리 지배하려 하고 분열한다. 마치 숙취에서 억지로 깨어나려는 투쟁 뒤에는 술이 또 그립듯이, 그리고는 해롭다는 것을 알면서도 또 마시는 것처럼 말이다.

조선도 일제가 뿌려놓은 마약의 효과로 동과 서, 남과 북이 분열되어 서로 지배하려 싸워왔고 아직도 투쟁 중이다. 이제는 마약중독에서 깨어나야 할 때가 아닐까? 조이스의 표현대로 '역사는 깨어나야 할 악몽'인 거다.

로마에 도망치다가 결국 로마 때문에 영성화되었고,
'성자와 현인의 아름다운 섬'으로 거듭나는 아일랜드

켈트족이 로마군단을 내몰기 위해 치열한 투쟁을 벌이던 AD 3세기의 브리타니아, 로마 출신의 목동 **파트리키우스**가 아일랜드해적에 의해 납치되어 노예가 된다. 몇 년의 세월을 노예로 보내면서 하이버니안의 삶을 익힌 파트리키우스는 천신만고 끝에 하이버니아를 탈출하곤 로마로 귀향하여 수도사가 된 후 다시 아일랜드로 돌아가서 가톨릭을 선교하기 시작한다. 그가 바로 오늘날에도 가장 추앙되는 아일랜드의 수호성인 '패트릭'이다. 그는 아일랜드가 전통신앙인 드루이드교를 몰아내고 가톨릭으로 개종하게 했다. 그의 기일 3월 17일이 바로 '성패트릭축일'이며 오늘날 전 세계적으로 초록색 아일랜드 문화의 여흥이 깃든 대축제일이 되었다.

기독교를 받아들인 로마는 무력 대신 오로지 영성으로만 아일랜드를 지배하기 시작했다. 하지만 아일랜드의 영혼은 로마에 완전 동화되지 않았다. 그들은 가톨릭을 마음속 깊이 받아들여 정신적인 미개인에서 점차 **'성자와 현인의 섬나라'**로 변모해갔으며 오히려 유럽 본토로 신앙을 전파하고 전 세계에 순수한 목적으로 선교사를 파송하는 나라가 되었다. 무식하기 그지없던 고대의 야만족들은 서서히 자신들의 부끄러운 과거를 고대의 무덤 속에 묻어버리고, 조용하고 작지만 영적으로 깊은 섬나라 아일랜드로 변화해나간다. 그들은 중세유럽의 영성과 지성의 중심에 서게 되어, 유럽대륙에 종교와 문화와 학문을 전파하게 되었다. 그렇게 영성으로서의 헤브라이즘과 지성으로서의 헬레니즘이 통합되는 역사의 장이 본토에서 아일랜드로 옮겨갔다. 아일랜드는 이후 영성과 지성을 연구하는 큰 학교가 되어갔으며, 유럽의 여러 나라로부터 학자들이 모여들었다.*

---

* 제임스조이스의 트리에스테 강연 '아일랜드, 성자와 현인의 섬'에서 내용을 빌려옴

켈트민족 - 고통받는 선민?
천명을 소홀히 한 민족의 쫓기고 쫓기는 운명

본래의 선민은 없다. 고로 선민이라고 고난을 받는 게 아니다. 다만 가장 많은 시련을 견뎌낸 민족이 선민이 된다. 세속의 권리는 인간군속의 내면에 저며 나오는 것이지만, 의무는 하늘에서 내리는 것이다. 그래서 너무 권리만 챙기거나 의무를 저버리면 큰 불운에 휩싸이게 된다. 의무를 소홀히 하는 사람의 주요 특징은 권리에 대한 집착이 병적으로 강하다는 것이다.

유럽의 기후가 풍요로운 중원 갈리아에서 '등 따습고 배부른' 안온한 즐거움의 타성에 빠져 살던 켈트족은 하늘의 명을 따를 의무에는 소홀하였고 '먹고 마시고 놀 권리'에만 충실했다. 그래서 정든 대지에서 자꾸 쫓겨나는 운명에 빠지기 시작한 것이다. 그렇게 더 이상 오도 가도 못할 때까지 추방당했을 때, 이제는 끝장이라는 이판사판적 혹은 '스킬라와 카립디스' 사이의 절박함이 의식을 지배했을 때 그들 내면에 가능태로 보존된 '선민유전자'는 서서히 활성화되어 역사의 표면에 나타나기 시작했다.

'선민사상'은 모든 불평등과 차별의 원인으로 최악의 자기

기만이다. 하늘은 자신의 피조물을(더군다나 자칭 만물 최고의 영
장인 인간이니) 매우 공평하게 사랑하시니까 선택받은 민족이
란 있을 수가 없다. 마틴루터킹목사님도 "모든 인간은 평등하
게 창조되었다"라고 말씀하셨다. 하지만 '선민의식'은 자유다.
단 '선민'이 의무로 향하면 세상은 더 평화로워질 것이다. '선
민'이 권리로만 향하니 큰 불행과 큰 비극은 맺음이 없는 것이
다.

브리타니아의 켈트민족을 처음 통일시킨 아더왕
- 최초의 왕다운 왕

　하이버니아의 켈트민족이 영적으로 조용히 영글고 있을 때, 브리타니아의 켈트인들은 로마제국의 식민주의에 대항하여 치열하게 독립항쟁을 전개해나가고 있었다. 투쟁의 중심에 섰던 그들의 지도자는 아더왕이었다. 흔히들 아더왕을 영국의 왕으로 알고 있지만, 그는 잉글랜드의 왕이 아니라, 잉글랜드에 맞서서 싸운 '브리타니아'의 왕이었다. 그는 켈트민족을 통합하여 브리타니아에 최초로 통일국가를 세운 영웅이다.

　그의 전설적인 탄생과 성장 과정에 대해서는 여러 버전이 있다. 그것들의 평균은 대충 이렇다. 아더는 브리튼 서남부의 작은 반도 '콘월'의 틴타겔에서 우터펜드라곤의 아들로 태어났다. 왕손으로 성장한 아더는 마법사 멀린의 도움을 받아 바위에 꽂혀 있던 보검 '엑스칼리버'를 뽑아 브리튼을 정복하게 되었다. 그는 캐드베리성에 '카멜롯'이라는 요새를 만들어놓고 기사들을 원탁에 불러모아 브리튼 독립에 관한 회의를 했다. 아더왕은 결국 브리타니아에서 로마인들을 쫓아내었고 브리타니아를 통일했다. 그렇게 최초의 '그레이트 브리튼'은 켈트민족이 만든 것이었다.

아더왕에게는 콘월의 영주인 마크라는 신하가 있었다. 마크의 꿈은 '브리튼과 아일랜드의 통합'이었다. 그는 우선 아일랜드와의 혈연을 돈독히 하기 위해 아일랜드의 공주 이졸데에게 청혼하여 허락을 받아낸다. 그래서 조카인 트리스탄을 사절로 아일랜드에 보내 이졸데를 데려오게 하는데, 묘약을 잘못 먹은 트리스탄이 그만 삼촌의 약혼녀를 가로채고 만다. 이후 아일랜드와 브리튼은 갈등에 빠지게 된다. 아일랜드공주와 브리튼기사 간의 못다 이룬 애절한 전설이 바로 **'트리스탄과 이졸데의 사랑'**이며, 이 이야기는 이후 유럽의 모든 러브스토리의 원형이 된다.

일설에 의하면 예수의 성배가 아리마대인 요셉에 의해 고대 브리타니아의 글래스톤베리까지 운구되었다고 한다. 하지만 어찌 그 아련한 시간에 그 이역만리 먼 땅, 예루살렘에서 세 대륙을 횡단하여 섬나라 산골까지 성배가 옮겨져야 했을까? 당시의 글래스톤베리는 호수마을이었고 아더왕전설 속의 **아발론**이었다는 것이 지질학적으로 증명되기도 했다. 아더왕은 여느 왕들처럼 말년이 편치 않았다. 왕비 귀네비어와 부관 랜슬럿의 불륜설이 있었으며, 부하들의 배신들이 잇달았고, 결국 아더왕은 아발론의 캄란 전투에서 전사했다. 그의 보검 엑스칼리버는 아발론 호숫가에 잠겨있다고 한다. 언젠가는 그

켈트족의 영웅이 영원회귀의 고통을 겪고는 이 세상에 다시
와서 자신들을 구원해준다는 것이 식민의 고통을 진하게 겪
은 근대 아일랜드인들의 간절한 염원이 되었다. 글래스톤베리
사원에는 아더왕과 귀네비어왕비의 합장 무덤이 있다. 역사의
신비로움이 오래되어 전설이 되었다는 뜻이다.

십자군전쟁과 산티아고순례길의 탄생

로마를 쫓아낸 후 브리타니아를 통일한 아더왕이 새로운 침략자 색슨족과 싸우고 있을 때, 로마 지배에서 막 벗어난 이베리아에서도 새로운 식민사가 시작되었다. 서로마제국이 멸망하고, 앵글로색슨족이 브리타니아를 유린하고 있을 즈음, 이슬람의 무어족은 지브롤터의 헤라클레스기둥을 이정표 삼아 이베리아반도를 침공했다. 무어족의 이베리아 강점은 800년이나 지속되었고, '리콩키스타*'는 지리멸렬했다. 열등감과 위기감을 느낀 유럽은 성지탈환을 구실로 십자군전쟁을 시작했다. 하지만 자칭 성군은 대의에 어울리지 않는 온갖 악행들을 저질렀다. 진짜 목적은 물질과 권력에 대한 탐욕이었기 때문이다. 그렇게 그들은 섬기는 척하며 세상을 이용하다가 하늘의 노여움을 사서 전세가 기울어져 갔다.

다급해진 교황은 뜬금없이 '예루살렘에서 순교한 예수제자 야고보의 유해가 1,000여 년이 흐른 후 갑자기 성령의 인도를 받아 스페인 묵시아의 해변에 당도하여 켈트민족의 흔적이 남아있는 작은 대지에 안치되었다'고 공표했다. 그리고 그 야고

---

* 이베리아반도의 국토회복운동

보의 무덤터에 '산티아고 데 콤포스텔라'라는 성지를 조성하였다. 그리고 예루살렘도 완전히 이슬람에 넘어가자 할 일을 잃은 템플기사단이 주체가 되어 아직 무어족의 점령지가 아닌 북스페인에 거룩한 순례길을 하나 조성했다.

템플기사단의 소멸과 그리스도기사단으로의 회생, 대항해시대와 예수회의 탄생

1307년 10월 **13일의 금요일**! (오늘날 불길한 13일의 금요일의 기원)

이용 가치가 없어지자 교회는 템플기사단에 이단 누명을 씌워 피의 박해를 시작했고, 수많은 템플기사들이 노트르담 성당 앞 강변에서 화형당했다. 기사단장 '자크드몰레'의 강렬한 저주는 프랑스왕과 교황을 급사시켰고, 700년 후 노트르담사원도 한을 못 이겨 활활 타올랐다. 억울함의 한은 1000년도 넘는 시간도 수월하게 넘어선다. 미세한 각개의 시간은 말뚝처럼 박혀있는 것이고 잠재의식들이 그 주마등의 틈새를 유려하게 주유하기 때문에 궁극에는 섭리를 따를 수밖엔 없더라도 겉보기엔 초자연현상으로만 보인다. 인간의 표면의식으론 인과의 복잡한 사슬은 불가해할 뿐이다.

하지만 모진 박해에도 템플기사단의 정신은 완전 소멸되지 않았고, 그들의 예지로 닦은 '산티아고순례길'의 도상에서 '그리스도기사단'으로 부활했다. 모든 신생의 모티브는 '물질 이전의 마음'이다. 그리스도기사단의 일원인 바스쿠다가마는 포르투갈의 대항해시대를 주도했고, 대항해시대는 식민주의를 낳았다.

대항해시대 역리! 식민주의는 곧 제국주의를 낳았고, 세계를 돌이킬 수 없는 비극의 아수라장으로 가두었다. 그렇게 세계화가 시작된 것이라니. 시작이 비극이면 막장은 희극일 수 있는 걸까?

임진왜란과 리스본대지진

바다를 지배하는 국가가 결국은 세상을 지배한다. 이후 포르투갈은 남미에서 온갖 못된 짓들을 하더니 동아시아까지 침략의 야욕을 뻗치고, 결국 일본까지 꼬드겨 임진왜란을 일으키게 한다. 왜병의 상당수가 가톨릭신자였고, 소서행장 옆에서 3명의 예수회신부들이 성전을 수호했다. 임진왜란은 서양종교와 외로운 고립국의 탐욕이 합세해 빚은 참극이다. 선교의 탈을 쓴 식민주의가 얼마나 나쁜 것인지는 이후 역사를 통해 수없이 반복 학습되었다. 하지만 모든 존재와 현상에는 필연적인 부수적 함의가 반드시 있다. 작아 보이기는 해도 의미는 등가인 그런 것들이지만 비가시적이라고 무시당하는 가치들이 얼마나 많은가? 그것들이 더 많아 인지될수록 세상은 더 편해진다. 하지만 극단의 강자들은 그런 세상을 원하지 않는다. 강자들은 약자들로 하여금 크게 보이는 것만 보게 하며, 그런 세상을 경제적으로 즐긴다.

전 세계에서 노략질한 재물로 흥청망청 나대며 타락한 포르투갈은 천심의 변화를 감지해내지 못하더니 결국 리스본대지진이라는 유럽사 최대의 저주를 받게 된다. 하늘의 신은 자신의 이름을 팔아서 온갖 못된 짓들을 자행한 무리를 용서하지 않으신 것이다. 1755년 만성절*에 일어난 대지진은 리스본 대부분을 파괴했지만, 신기하게도 홍등가는 온전히 멀쩡했다. 이후 유럽의 지성들은 대지진 200년 전에 포르투갈에서 추방당한 가문의 후손 스피노자의 '신즉자연론'을 믿는 경향이 강해졌다.

　대지진 전까지 세계 최고의 부국이었던 포르투갈은 충격으로 세력이 기울기 시작하더니, 결국 해양지배권을 대영제국에 빼앗겼고, 20세기에는 유럽 최빈국의 불명예를 차지하게 되었다. 고대로마의 침공에 대항해서 끝까지 저항한 세력이 만든 나라 포르투갈! 그들의 끈질긴 항쟁정신은 켈트민족의 정신유전자에서 유래한 것이다. 오늘날 켈트의 유전자가 가장 많이 남아있는 두 나라는 아일랜드와 포르투갈이다. 시공간에 불어대는 풍상의 차이로 표면의 생김새는 많이 다르지만, 내면은 비슷한 데가 많다. 또한, 그들의 얼굴과 마음의 문양은 같은 이베리아 민족이었음에도 불구하고 스페인에 비해 더 슬퍼 보인다.

---

* 11월 1일 All Hollows Day, 그리스도교의 모든 성인을 기리는 날

앵글로-색슨족에 쫓겨나더니 또 종속당하는 운명

아일랜드에게 바이킹은 왜구와도 같았지만, 정복자 윌리엄의 잉글랜드 왕위찬탈은 아일랜드의 운명을 기울게 했다. 잉글랜드의 공식적인 아일랜드 지배는 플랜태저넷 왕조의 헨리 2세가 시작했다. 이후 800년의 아일랜드 식민수난사가 지속되었다. 십자군전쟁을 치르느라 온 유럽이 정신이 사나울 때, 세계사 최장기의 식민시대가 조용히 열린 것이다.

튜더왕조는 이베리아의 해방과 이후 대항해시대와 그 궤를 함께한다. 아일랜드는 독립에 관해 튜더왕조에 많은 희망을 걸었지만, 스페인여왕의 사위 헨리8세는 이성편력에 걸신이 들어 정면으로 교황에게 반항했다. 성공회의 창시자가 된 헨리8세는 자신이 아일랜드의 태수임을 자처하며 식민을 공고히 하였다. 하지만 헨리8세가 죽자 조강지처의 딸 메리튜더가 왕위에 올랐고, 엄마 캐서린의 억울한 죽음에 한이 맺힌 메리는 너무나 간절하게 잉글랜드에서의 가톨릭 복구를 꿈꾸다가 결국 잔인한 '블러디 메리'가 되었다. 증오는 한(恨)과 이어지는 한의 악순환을 불러일으킬 뿐, 근원적으로 꼬인 문제들을 조금도 풀어헤치지 못한다. 증오는 악마의 전유이기 때문이다. 시간이 오래 걸리더라도 선순환으로 이어지는 유일한 해법은 햇볕의 사랑이다.

역사는 끊임없이 반목과 반전을 반복한다. 메리튜더의 이복동생이자 후임인 엘리자베스1세는 평생 독신으로 잉글랜드가 유럽의 빈국에서 성장하여 대영제국의 기틀이 잡히는데 헌신한다. 하지만 후계자가 없었고, 6촌 동생인 스코틀랜드왕가 메리스튜어트의 아들 제임스6세가 잉글랜드의 제임스1세로 등극한다. 제임스1세는 스코틀랜드계였지만 성공회였고, 청교도와 가톨릭을 공평하게 탄압하였다. 청교도들은 극심한 박해에서 벗어나고자 메이플라워호를 타고 콜럼버스가 발견했고 네덜란드가 선점한 신세계로 향했다. 제임스1세의 청교도 탄압이 오늘날 미국을 존재케 한 역사적 계기가 된 것이다. 하지만 제임스1세의 아들 찰스1세는 '왕과 신은 동급'이라며 나대다가 올리버크롬웰이 주도한 청교도혁명으로 마하트마간디가 선종하기 정확히 299년 전에 참수당한다. 그리고 그는 잉글랜드 왕조에서 유일하게 사형당한 왕으로 이름을 남기게 되었다. 가혹하게 탄압받았던 청교도들은 이교도들에게 더 잔인해졌다. 혹독한 피압박은 지혜와 어리석음, 둘 다를 낳는다. 찰스1세 참수 이후 통치 전권을 부여받은 호국경 크롬웰은 자기기만을 통해 권력을 더 성취하기 위해 바다 건너 아일랜드의 해안마을 드로기다를 침공해서 대학살극을 연출했다. 만행의 사유는 스코틀랜드계 스튜어트왕조에 親가톨릭 성향이 남아 있으니 아예 아일랜드인들과의 정서적 유대를 깔끔하게 끊어내어 아일랜드 지배권을 강화하기 위함이었다. 동방의 동족학살 대국 신민들은 크롬웰을 위대한 호국경이라고 배웠지만, 아일랜드인들은 그를 권력의 달콤한 서광에도 시력이 악화된 살인마로 기억하고, 지금도 용서하지 않고 있다.

청교도혁명에도 불구하고 스튜어트왕위는 가톨릭 성향이 강한 제임스2세까지 이어졌지만, 종말의 숙명을 피할 수는 없었다. 제임스2세는 해군장교로서는 탁월했지만, 왕으로서는 무능했다. **요크York**의 공작이자 메이필드의 영주였던 제임스2세가 네덜란드와의 해전에서 대승을 거둠으로써 뉴암스테르담의 이름이 뉴욕으로 바뀌게 되었다.

하지만 모든 작용과 반작용의 에너지양은 똑같다는 뉴턴의 이론처럼 모든 승승장구의 화려함 이면에는 필연적인 하강과 소멸의 운이 숨겨져 있다. 제임스2세는 딸과 사위(네덜란드 윌리엄오렌지3세)의 모반으로 왕위에서 쫓겨난다. 명예혁명은 실제로 명예롭지 못한 패륜이었다. 사위에게 왕위를 찬탈당한 최후의 스튜어트는 프랑스로 망명 후 군대를 소집해 아일랜드에 상륙하여 보인江에서 사위와 한판 붙지만 일방적으로 깨지고 만다.

역사의 가정은 무의미하다지만 상상은 인문학을 풍요롭게 하여 또 다른 창조의 모티브가 된다. 제임스2세는 아일랜드인들의 최후의 희망이었다. 만약 그가 사위와의 전쟁에서 이겼다면, 아일랜드의 해방이 일찍 이루어졌을 것이다. 하지만 제임스2세의 파멸로 아일랜드의 해방은 230년이나 늦추어졌고, 보인강전투를 기념하는 7월 1일에 북아일랜드에서는 아직도 신교도들이 구교도 마을에 가서 오렌지*를 던지며 패배를 조롱한다.

1690년 7월 1일 아일랜드 보인강전투의 결과, 바다의 영웅 제임스2세는 역사에서 완전히 퇴출당했였으며, 1707년 스코틀랜드가 잉글랜드에 병합되었고, 아직도 네덜란드의 축구팀을 오렌지군단이라 부른다. 이후 더블린에는 윌리엄오렌지3세의 동상이 세워져 영구식민이 공고화되었고, 종교 간 갈등도 극심해져 결국 탈식민을 이루어낸 아일랜드 국기가 '가톨릭과 개신교 간의 평화'를 상징하게 되었다.

---

* 사위 개신교 윌리엄오렌지3세가 장인 가톨릭 제임스2세를 이겼다는 상징

새로운 종족 '앵글로-아이리쉬'(영국계 아일랜드인)

임진왜란 당시 조선에 감화되어 귀순한 왜군의 수는 적지 않았다. 또한, 귀화 이후에 그들은 조선에서의 왜병 축출에 적극적이었다. 만약 일제강점이 100년도 넘게 오래 지속되었다면, 조선 땅에는 '핏줄은 일본이지만 정신은 조선'의 정체성을 따르는 계층이 필연적으로 생겨날 수밖에 없다. 그들도 역시 '조선자주독립운동'의 새로운 주체가 되었을 것이다.

대지의 묘한 기운이 불러일으키는 그 노스탤지어는 어떠한 과학적 설명도 감성적 형언도 어려운 것이다. 전우들이 살생 삼매에 빠져 반도를 유린할 때, 수많은 왜병들은 자신들이 혹시라도 본래 반도에서 태어났었어야 할 운명에 '어떤 오류가 생겼던 게 아니었을까' 하는 의문을 느끼며, 마을의 구석구석을 주유하며 더욱더 깨닫게 되는 영혼의 울림을 존귀하게 여기지 않을 수 없었다. 몸은 왜인이었지만, 반도와 섬이 이어져 있었던 그 어느 먼 고대의 시간으로부터 정신의 유전자는 반도로 이어지는 그 희미한 끈을 끊지 않고 있었을까?

비록 잉글랜드의 육체유전자를 물려받았지만 조상 대대로

아일랜드에 살아오면서 아일랜드의 정신형질을 가지게 된 사람들은 근대 아일랜드독립운동과 아일랜드문예부흥에 깊이 관여한다. 특히나 스코틀랜드마저 잉글랜드의 식민지가 되자 '잉글랜드계 아일랜드인'들의 아일랜드 정체성은 매우 강화되었고 민족의 새로운 주체가 되었다.

미국독립과 프랑스대혁명의 영향을 강하게 받아서 1798년에 그들이 중심이 되어 대규모 독립운동이 도처에서 일어나지만 모두 실패로 끝난다. 하지만 혈연을 뛰어넘는 **문화민족주의**는 100년쯤 후 아일랜드르네상스를 통하여 민족이 독립하고 화합하는 데 큰 구심적 역할을 했다.

유럽사 최대의 사건, 아일랜드대기근The Great Famine, 식민주의 최대 비극은 맑스의 '공산당선언'의 동기가 되다

땅의 이성으로는 하늘의 섭리를 도무지 이해하기 어렵다. 하늘은 왜 정곡을 찌르는 쉬운 표현법을 두고 간접화법과 완곡어법으로 인간세계와 대화하는 걸까?

켈트민족은 '이제 더 싸울 수 없을 만큼 싸웠고, 더 고통 받을 수 없을 만큼 고통 받았다'라고 생각했다. 하지만 하늘의 뜻은 달랐다. '더 싸워라. 그리고 더 고통 받아라. 아직 한참 모자라다.' 그들은 욥의 민족이 되었다. 자신들의 미未인지 영역엔 갚아야 할 죄가 자신들의 대지만큼 여전히 남아있었던 것이다. 간절한 염원을 이루기 위해선 가는 실오라기만큼의 죄라도 다 갚아야 함이 하늘의 섭리다. 불량한 욕망을 이루기 위해선 큰 실타래만큼의 죄를 지어야 함이 땅의 이치이지만.

아일랜드가 확고한 식민지가 되자 잉글랜드는 탐욕의 눈을 온 세상으로 돌린다. 중국에는 '마약이 몸에 좋다'라고 속여 아편을 마구 팔아먹다가 거짓이 들통 났다. 적반하장격 아편전쟁의 승리로 동방진주 홍콩이 넘어오자, 아예 '해가 지지 않는 제국'을 만들기 위해 전 세계로 식민지를 확대해 나간다. 식민주의의 가장 끔찍한 비극을 본 나라는 제일 가까운 아일랜드였다. 사냥꾼은 포획한 동물에 대해선 소홀해지며 더 포악해진다. 재산이 탐나 결혼한 부부들에게서도 그런 증상이 보인다. 대영제국은 아일랜드를 잔인하게 쥐어짰다. 수탈꾼 보이콧대위가 얼마나 못되게 굴었으면, 지금도 '거부하다'라는 뜻으로 '보이콧하다'라는 표현이 사용된다.

19세기 중반에 이유를 모르게 몰아닥친 '감자잎마름병'에 의한 흉작은 성난 바람을 타고 아일랜드 전역을 대기근의 비참함으로 몰고 갔다. 그들의 주된 먹거리는 감자였고, 감자의 흉작은 곧 굶주림을 의미했다. 켈트민족의 유사 이래 이렇게 혹독한 하늘의 분노는 처음이었다. 대기근 이전에 아일랜드는 인구가 800만 명으로 사람들의 따스한 체온을 느껴가며 오순도순 살 수 있는 소박한 농경공동체였다. 하지만 견디기 어려운 굶주림으로 인해 200만 명이 아사했고 200만 명은 사랑하는 조국을 떠나 바다를 건너야만 했다. 하늘이 내리시는 가혹한 시련으로 인해 **'아일랜드대이산(Irish Diaspora)'**이 또다시 시작된 것이다. 오래전 두 번은 이민족의 침략 때문이었지만 이번엔 하늘의 뜻이었다. 최후의 켈트민족은 자신들에게 누적된 오랜 악업을 근대의 여명기에 불태워버려야 했다. 결국은 미래를 위해서였다. 하지만 고통스러웠다.

굶어죽기를 피하기 위한 방법은 두 가지가 있었다. 죽음 직전에 빵 조각을 훔쳐서 오세아니아로 귀양을 가든지, 희망의 미국으로 이민을 가는 것이었다. 아일랜드의 대지는 또다시 떠나는 자와 남은 자들로 나뉘었다. 어쩔 수 없이 별리의 아픔을 담아내야 했던 아일랜드 서쪽 바다를 제임스조이스는 **'떠나는 자들의 대서양은 찢어지는 눈물의 바다'**라고 묘사했을 정도로 대기근은 끔찍한 재앙이었다.

이 비극은 아일랜드 역사에 있어서 주요 전환점이 되었다. 영국은 독립운동을 하지 못하게 하려고 일부러 죽음을 방임했고, 그 세월호식 '강 건너 불구경'으로 5년간이나 대참사는 지속되었다. 하지만 역사에서도 뉴턴의 물리법칙은 그대로 적용되어, 대기근 이후 영국의 무책임한 압제에 환멸을 느낀 아일랜드민족의 두 계열 '켈트계와 영국계'는 정치적으로, 문화적으로 기가 막힌 화합을 이루어내었고, 해방운동은 여러 차원에서 가멸차게 진행되었다. 민족의 영성은 고통의 열매처럼 더욱 아름답게 영글었으며 매우 독특한 '오지랖 넓은 세계화'가 시작되었다.

제임스조이스 – 아일랜드가 낳은 탈식민주의 작가,
20세기 초에 이미 일본의 악행을 예견하다.
아일랜드식민사를 통합하여 비극을 희극으로 재창조
하며, 전위적인 언어기법으로 해방문학을 예술의 차
원으로 승화시킨 작가

　소아한 수도 더블린이 자신의 아들딸로 품어내야 했던 켈트
민족이 오래전에 건너왔던 아일랜드해를 하염없이 바라다보
며, 이민족의 탐욕에 굴곡진 세월의 고통을 자신 대지의 영혼
에 담아내고 또 섞어내던 끝에 성령의 수태고지에 의해 무염
시태한 성스러운 어머니의 그 순결한 아픔을 똑같이 느끼면서
제임스조이스를 낳은 것은 1882년 2월 2일이었다. (그날은 식민
모국 잉글랜드에서 버지니아울프가 태어난 지 꼭 1주일 후의 일이었
다. 울프와 조이스는 한 번도 만난 적이 없었고, 어떠한 서신 교류도
하지 않았다. 그런데 그들은 똑같은 '의식의 흐름' 기법으로 포스트모
더니즘 언어예술시대를 열었다. 그리곤 또한 1주일 간격으로 세상을
떠났다. 혹시 그들은 못 만날 운명의 '소울메이트'였을까? 세상은 결코
밝힐 수 없는 신비로움으로 가득하다.)

　어린 시절 조이스는 예수회 초등학교에 입학해서 막연히
성소를 따를 길을 걸어가게 된다. 하지만 교장으로부터 사제

의 길을 권유받자, 순간 반항심이 작동하여 "헤브라이즘을 섬기지 않겠어요"라고 말하고는 헬레니즘을 재현하는 예술가의 길을 선택한다. 당시 아일랜드가톨릭은 오랜 식민주의의 타성에 젖어있었고 독립을 위한 주체적 영성이 없었다. 따라서 조이스는 조국을 구하기 위해 종교사제가 아닌 예술사제의 길을 택한 것이다. 비록 섬기기를 거부했지만 조이스 역시 아일랜드가톨릭의 정신적 결실이었다. 성직도 예술가도 하늘이 보시기엔 모두 성소이다.

세계의 과거는 전쟁, 식민 그리고 독립의 순환이다. 하지만 역사는 시간을 극복해가며 진화해왔다. 식민지배하에서 누구나 다 자유를 열망하지만, 해방을 이야기하거나 공모하는 것은 반역이었다. 예술은 그나마 드문 '해방구'이어서, 일상의 식민공간에서는 예술만이 '해방을 염원하는 정치'를 **몰래** 할 수 있었다. 예술가들은 새 시대의 도래를 예지해내는 특유의 감각이 있어, 때가 되면 해방이 임박했음을 본능적으로 감지해내곤, 심원한 비유를 구사하여 다가올 세상에 대하여 동포들에게 암시할 수 있었다. '울 밑에 처량하게 피어난 봉선화', '푸른 하늘 은하수의 하얀 쪽배', '광야에 홀로 백마 타고 오는 초인'을 노래한다고 잡아가지는 못했다.

아픈 시대를 근본적으로 변혁하는 담론들(탈식민주의와 후기식민주의)이 정치계에서보다는 예술계에서 먼저 발원했음은 매우 심심深深한 사유를 필요로 하는 사실이다. 어쩌다 정치는 구속의 영역이 되고, 예술은 자유의 영역이 되었을까? 예술은 프로메테우스, 정치는 에피메테우스의 기질을 따르게 된 연유는 무엇일까? 정치는 부질없이 권력을 애무했기 때문이다.

조국을 구원하는 예술가가 되기 위하여 유학의 길을 떠난 조이스가 처음 들어간 학교는 파리의 의과대학이었다. 예지와 치유에 있어서 예술과 의학은 본이 같은 것이지만, 의학의 한계를 깨달은 그는 자퇴한 뒤 잠시 고국에 들러 작품을 구상하고는 조국을 구하기 위해 영원히 아일랜드를 떠난다.

조이스는 마치 헨리D.소로우가 의도적으로 월든호숫가의 작은 오두막으로 들어간 것처럼, 오스트리아-헝가리제국의 압제와 저항이 혼성된 도시 풀라와 트리에스테로 이민을 떠났다. 동아시아에서 영일동맹이 승승장구할 때, 1차세계대전의 먹구름이 낮게 감돌던 경계도시에서 그는 **'향후 일본인들이 동아시아에서 저지를 악행'**과 전후 유럽의 통합에 대해 강연했다. 조이스의 '아일랜드, 성자와 현인의 섬'이라는 제목의 그 명강연은 옛 유고연방의 민족주의를 촉발시켰다. 또한, 거기서 유대-헝가리계-아일랜드인, 즉 '이중적 경계인'을 『율리시즈』의 주인공으로 설정했다.

조이스의 가족은 1906년에 마침내 로마로 이사했다. 하지만 그리스까지 치고 들어가지는 않았다. 베르길리우스의 아이네이스에 따르면 로마는 트로이전쟁의 후예들이 일리아스의 명예를 회복하려 재건한 최초의 초대형 제국이고, 조국 아일랜드는 로마가톨릭을 섬기니, 조이스는 로마에서 근대의 서사를 위한 모티브를 얻기에 충분했다. 라틴어를 배우며 조이스는 점점 더 헬라스의 서사시인 호메로스의 정신적 환생이 되어갔다.

진화하는 조이스의 4부작소설은 모두 조국의 고통스런 식민사를 동기로 하여 반식민주의 주제를 강하게 내포한다. 다양한 비유와 풍자로 묘사되어 얼핏 난해하지만, 모두 민족해방과 독립을 위해서 쓰인 소설인 만큼 의도를 미리 알고 읽으면 더 쉬워진다.

『더블린사람들』은 비교적 이해하기가 쉽다. 『젊은 예술가의 초상』부터는 조금 어려워지지만, 역사를 예습하고 읽으면 뜻이 쉽게 와 닿는다. 하지만 『율리시즈』부터는 읽는 것도, 이해하기도 더 어려워지고, 게다가 독해기법에 따라 의미가 많이 달라진다. 17개 언어의 혼성어로 꿈꾸듯이 쓰인 『피네간의 경야』는 읽자마자 두통이 시작된다.

조이스의 글들은 인내심을 가지고 세밀하게 해부하듯이 반복해서 천천히 읽어야 한다. 처음에는 어렵지만 여러 번 읽다 보면 뜻이 통한다. 독자와 독법에 따라 주제와 의미가 달라지는 것이 작품들의 특징이지만, 수미일관하게 관통하는 그 무엇이 있다.

<더블린사람들(The Dubliners)> - 1907년
<젊은 예술가의 초상(A Portrait of an Artist as a Young Man)> - 1914년
<율리시즈(The Ulysses)> - 1922년
<피네간의 경야(Finnegan's Wake)> - 1939년

더블린 사람들 - 1907년

식민제국의 지배방식은 다 똑같다. **첫째 술책**은 역사왜곡 등을 통해 식민지를 '무지'하게 하는 거다. 그래야 지배를 '쉽게 그리고 오래'할 수 있다. 노예들이 공부를 많이 하여 문제의식이 생기면 지배자는 골치가 아파진다. 그래서 피지배자가 공부하는 것을 방해하곤, 먹고 마시고 노는데 생을 소진하게 한다. 노는 것만 즐겁다 보면 정신이 마비된다. **그다음엔** 지역별로 이간질해서 서로 불신하고 헐뜯고 싸우게 한다. 교활한 이간질이 성공하면 **마지막으로** 식민사회 전체를 부패하고 타락시키는 데 온갖 비열한 수단을 동원한다.

식민지인들이 한번 **무지, 분열, 타락**의 심연에 빠지면 좀처럼 빠져나오기 힘들어진다. 물질적종속보다 더 질긴 건 정신적종속이다. 무지하고 분열되어 타락한 피지배자는 해방 후에도 강력한 수구집단이 되어 영원히 옛 지배자들을 그리워하게 된다. 이게 새 지배자가 된 정치인들이 진짜 바라는 모습이다. 하지만 이런 신식민주의는 — 세상을 창조하기 위하여 동방 원정을 떠난 헬레니즘의 알렉산더대왕과는 완전히 반대로 — 세상을 파괴한다.

잉글랜드의 오랜 지배 후유증으로 아일랜드 역시 정신적 물질적으로 피폐해졌다. 마비되면 썩어 아픈 걸 전혀 못 느껴서, 한 번 마비되면 계속 부패한다. 『더블린 사람들』의 동기는 '오랜 식민 지배로 인해 **도덕적으로 타락하고 정신적으로 마비된 더블린**'*이며, 주제는 '반식민주의'다**. 『더블린 사람들』은 그렇게 수도 더블린의 소시민들의 타락상을 옴니버스식으로 엮어낸 소설인데, 만약 '더블린'을 '서울'로 바꾸어본다면 우리도 그 정황이 쉽게 교감될 듯하다.

조이스는 20세기 초, 조국의 수도 더블린을 세상에서 가장 사악한 도시로 인식했다. 하지만 의도적 과잉인식이었다. 세계에서 가장 무질서하게 타락했지만 그건 창조적 혼돈이었다. 가장 크게 위대해질 가능태를 내포한 도시. 조이스는 위대한 미래를 위하여 더블린을 전위적으로 해석했다.

---

* 고려대 영문과 김종건교수님에 의하면

** 식민주의는 반드시 반식민주의를 낳는다.

「젊은 예술가의 초상」 - 1914년

"바다와 항구를 봉쇄해도, 하늘로 날아 빠져나간다면
미노스도 나를 막지 못할 것이다. 하늘은 항상 열려있다.
모든 땅은 미노스 것이지만, 하늘은 아니다."

"그리고 그는 未知의 예술에 마음을 다하려 한다."

- 오비디우스, 변신(Metamorphoses)

20세기 초 아일랜드, 독립의 대의는 '마비되고 타락한' 정신
들에게 완전히 발목 잡혀있었다. 타성에 찌든 정치와 언론과
종교는 막힌 시공간을 더 세게 쥐어틀기 위하여 아기들이 태
어나면 날아오르지 못하도록 영혼의 날개를 싹둑 잘라버렸으
며, 그래도 지혜로워지는 게 두려워 아예 영혼에 질긴 그물을
뒤집어 씌웠다. 국민들을 잡아먹는 조국의 포악함을 더 이상
견딜 수 없게 된 예술가들은 아일랜드 특유의 문예부흥을 통
해 역사의 아방가르드로 나서기 시작했다.

대지의 아포리아를 탈출하는 방법은 높게 날아오르는 것뿐
이다. 그리스신화의 명장 **다이달로스는** 자신이 만든 미노스의

미궁에 아들 **이카로스**와 함께 갇히는 신세가 된다. 사방이 폐쇄된 미로를 탈출하는 방법은 오로지 날개를 달아 날아오르는 것이었지만, 날개와 몸통 간의 연결부위를 너무 약하게 만드는 바람에 높이 날아오르다 날개가 부러져서 그만 아들 이카로스는 추락사하고 만다. 그래서 아일랜드예술가들의 사명은 조국 구원을 위한 강한 날개를 만드는 일이었다.

『젊은 예술가의 초상』은 강제로 분열 당하고 서로 쌈질 당하는 식민지의 아기로 태어나고 자라나서, 방황하는 질풍노도기를 지나 성숙했지만 결국 사제의 길을 버리고 조국의 정신적 해방을 위한 예술가가 되기로 결심하고는 자기추방자가 되어 아일랜드를 떠날 때까지를 그려낸 자전적 성장소설이다. 이 소설의 대표주제는 **'탈식민주의'**이다. 이 책이 출간될 즈음에 조이스가 예상한 대로 1차세계대전이 발발했고, 세계약소국들의 탈식민주의는 동시다발적으로 폭발하기 시작했다.

조국의 진정한 독립은 정신적 해방을 전제로 한다. 아무리 해방이 되었다 한들 정신적으로 복제된 종속을 벗어나지 못한다면 그건 또 다른 형태로 식민이 연장되는 것뿐이다. 그래서 조이스는 '삶에서 또 다른 삶으로의 재탄생'을 그렇게도 강조하는 거다. 그 재창조의 서사는 토마스아퀴나스신부님이 이야기하는 미의 3대 요소 **'전일성, 조화, 광휘'**를 얻어내는 과정이어야 한다. 전일성, 조화, 광휘는 이 소설의 주제어이며, 이 삼위일체의 아름다움을 얻어 나가는 과정을 통해 분단 아일랜드의 통일이 될 수 있음으로 다음 소설 『율리시즈』의 이야기로 유려하게 연결된다.

『율리시즈』 - 1922년

오스트리아-헝가리제국의 지배에 불만을 품은 어느 세르비아 청년이 오스트리아 황태자를 사살하자(안중근의사가 이토히로부미를 총살한 것과 똑같은 이유) 1차세계대전이 일어났고, 약소국들의 해방운동이 연쇄적으로 촉발되었다. 전승국들은 이 전쟁을 'The Great War'고 부른다. 하지만 전쟁이 어떻게 위대해질 수 있나? 전쟁은 탐욕을 채우기 위한 집단살생 이상의 의미가 없다. 프랑스와 영국이 전 세계를 약탈하고 있을 때 오스트리아-헝가리제국은 겨우 유럽의 닫힌 변방에서 오스만투르크에 대항하여 식민주의의 탐욕을 깔짝대고 있었을 뿐이다.

조이스는 오만하게 말한다. "1차세계대전 동안 나는 『율리시즈』를 썼다. 너는 뭘 했니?" 그렇게 『율리시즈』는 '악몽의 역사'가 동기가 되어서 쓰인 것이다. 조이스는 『율리시즈』를 쓰면서 조국의 해방을 예지했다. 이 책이 발간된 1922년은 실제로 아일랜드가 해방된 해이다. 하지만 기쁨도 잠시, 곧바로 아일랜드는 분단되었고 한국전쟁과 같은 내전을 미리 치르게 된다. 그래서 『율리시즈』도 역사를 알고 읽으면 쉽다. 그냥 우리와 같은 분단국가의 시각으로 읽어나간다면 이상적인 통일의 담론이 그 속에 그려져 있음을 발견하게 될 것이다.

『율리시즈』가 처음 출간되었을 때 바로 외설로 분류되어 판금조치를 당한다. 성애가 노골적으로 묘사되지도 않았고 단지 외도의 정황이 비추어진다는 이유 하나만으로 수모를 겪게 된 것이다. **조국의 분단 상황을 외도로 표현**했을 뿐인데, 안타깝게도 법관들은 작가의 의도를 전혀 감지하지 못했다. 다행히 10년 후 미국의 어느 진보적인 판사가 『율리시즈』는 외설물이 아니라며(칼립소가 미네르바의 신탁을 받아 오디세우스를 석방했듯이) 『율리시즈』를 해방시킨다.

『율리시즈』는 층위별로 많은 주제를 담아내고 있다고 작가도 암시한 바 있다. 음악에 대위법이 있는 것과 마찬가지로, 모든 현상에도 다 보이지 않는 선율이 흐른다. 과학연구에 있어서도 분석이론에 따라 결론은 크게 달라질 수 있다. 『율리시즈』를 겉으로 읽으면 바람 난 부부이야기지만, 깊게 읽으면 아일랜드의 분단상황이 한 부부의 정신적 별거로 패러디된 것임을 알 수 있다. 결국, 부부는 서로의 과거를 모두 용서하고 다시금 하나가 된다. 즉, 아일랜드의 통일이다. 보편적인 후기식 민주의적 운명(해방 후 민족 분단과 내전 그리고 재통일의 미래)이 『율리시즈』에 담겨있다.

피네간의 경야(밤샘) - 1939

    통일 이후의 세계화의 미래를 묘사한다. 소설의 대주제는 **혼종hybrid**을 통한 **세계화**이다. 세계화에는 2가지 방식이 있다. 조이스가 꿈꾸는 것은 신자유주의에 의한 '강압적 불평등 세계화'가 아니고 포스트모더니즘을 따르는 '상호존중과 공존에 의한 평등 세계화'이다.

    식민지는 때가 되면 해방되지만, 해방이 반드시 독립을 의미하지는 않는다. 해방이 홀로**되기**라면, 독립은 홀로**서기**이기 때문이다. 따라서 정치·경제적 주체성을 얻어야 비로소 완전히 독립했다고 할 수 있다. 제국은 식민주의의 탈만 바꾼 신식민주의로 계속해서 세상을 지배하려 든다. 그러려면 제국은 해방 전 식민지에 신식민주의를 도울 사람을 심어놓아야 한다. (그들이 바로 우리나라로 치자면 살인청년단이니 토착왜구니 하는 집단들이다) 식민부역의 잔재들을 심어놓으면 해방 이후에 경제적 지배가 오래 용이해진다. 식민주의가 물리적 지배라면, 신식민주의는 '경제적 하위주체'로 만들어 놓는 것이다. 이 신식민주의에 대항하는 것이 후기식민주의이다. 탈식민주의의 완성이 해방이라면, 후기식민주의의 완성이 독립이다.

더블린사람들	식민주의	오랜 식민의 피해로 마비되고 타락한 도시인
젊은 예술가의 초상	탈식민주의	조국의 해방을 위한 예술가가 되기 위해 유학을 떠남
율리시즈	후기식민주의	탈식민주의의 궁극적 완성으로서 통일을 이루어 냄
피네간의 경야	공평한 세계화	신식민주의에 대항하는 후기식민주의를 통한 세계화는 미래의 완성

비운의 타이타닉호 - 아일랜드의 세월호

오만방자의 죄로 올림푸스神들에게 멸문지화를 당한 티탄족의 이름을 딴 타이타닉호는 아일랜드의 세월호가 되고 말았다.* 운수회사의 선전문구가 '하나님도 이 배를 침몰시키지 못하리다'였으니 그 오만함으로 하늘의 노여움을 살만하다. 기독교에서는 교만의 죄가, 불교에서는 말로 짓는 죄가 제일 둔중하다고 한다.

20세기 초엽의 세계최대 호화유람선은 북아일랜드 벨파스트에서 아일랜드 노동자들의 피와 땀으로 건조되었다. 진수식에서 "We christen thee Titanic' 대신 "We christen thee Minerva"라고 했다면 운명이 달라졌을까? 주역의 원리에 의하면 이름이 운명을 결정한다는데. 사우스햄튼항을 모항으로 아일랜드 코브항에 기착한 타이타닉은 지하3등칸에 아일랜드 민중들을 가득 태우고 뉴욕으로 항해하다가 과속으로 참화를 겪고 만다. 하늘은 과속의 오만을 좋아하지 않으신다.

탈식민주의 성향의 감독 제임스카메론의 영화 타이타닉의

---

* 타이타닉호 1912년 4월 15일, 세월호 2014년 4월 16일

모티브 역시 '견고하게 구조화된 식민주의, 주체 : 하위주체 =
잉글랜드 : 아일랜드 구도'이다.

남주인공 잭 = 아일랜드 잡놈

여주인공 로즈 = 잉글랜드 귀족

    지하3등실은 물론 기관실 노동자들도 모두 다 아일랜드인
들의 차지이고 배가 침몰하자 속절없이 몰살당한다. 그리고
귀족은 잡놈에 의해 구원받는다.

조지L.쇼우 – 조선을 조국보다 더 사랑한 어느 아일 랜드인

한국사의 무대에 등장하는 배역들 중에 '조지L.쇼우'보다 더 특이한 캐릭터는 없다. 그는 법적으로 아일랜드계 영국인이었지만 **모친**도 일본인, **부인**도 일본인, **며느리**도 일본인이어서 정체성을 택함에 따라 그냥 일본인 가정으로 여기는 게 자연스럽다. 하지만 그의 가정은 단합하여 영국 국적을 넘어 더 멀리 희미한 아일랜드의 정체성을 택했다. 그렇게 그는 잉글랜드가 아일랜드를 괴롭혔듯 조선을 못살게 구는 일본이 그냥 싫었고, 조선을 도와 식민에 저항해야 할 의무를 마음에 담고 살았다. 조지버나드쇼우의 친족이라는 설도 있다.

그를 의식화시킨 사건은 아일랜드의 1916년 부활절항쟁이었고, 이후 열렬히 조선의 독립운동을 도왔다. 그는 상하이에 이륭양행이라는 선박운송회사를 차려, 치외법권을 이용하여 조선의 독립자금과 무기운송을 도왔다. 만약 이륭양행의 선박이 1919년 3.1운동 후 독립선언 33인 중 15분의 지도자께서 상해로 망명하시는 걸 돕지 못했다면 1919년 4월 11일 대한민국 임시정부의 수립 자체가 불가능했다. 그렇게 조선의 1919년 3.1운동은 아일랜드의 1916년 부활절항쟁의 연장선에 있는 것이다.

　조지L.쇼우는 1961년 대한민국정부가 수여하는 독립유공자 훈장을 받았다.

聖골룸반외방전교회
- 조선을 치유하러 오신 아일랜드신부님들

1916년 부활절의 독립 봉기는 미완의 결말을 도출했다. 아일랜드가톨릭은 조국의 물리적 구속으로부터의 해방은 실패했지만, 정신적으로는 독립된 주체로서 자민족을 넘어서는 '억압된 세계민족의 구원'이라는 해방담론을 모색하기 시작했다. 일종의 주제넘은 **세계해방신학**이다. 아일랜드민족의 강인한 근성도 모진 탄압을 끈질기게 극복해낸 종교에서 나왔다. 거의 모든 집안에 한두 명은 수녀와 신부가 있었다. 그들은 핍박받는 세계민족을 치유할 수 있는 귀한 영성을 지니고 있었을지는 일부 의문의 흔적이 없지 않지만, 아일랜드는 가장 많은 선교사를 해외로 파송한 나라가 되어간다. 부활절봉기 이후 골룸반성인聖人의 이름으로 세계선교회가 설립되었으며, 1918년엔 교황청의 인가를 받았다. 사람들은 새로운 소명을 부여받은 신부들을 'Columban Fathers'라고, 수녀들을 'Columban Mothers'라고 불렀다.

가장 큰 선교주제로 떠오른 지역은 일제에 유린당하는 '극동'이었다. 십수 년 전 제임스조이스가 오스트리아-헝가리제국의 강점지 트리에스테에서 했던 강연에서 '영국이 아일랜드에서 800년간 행해온 짓거리처럼 왜인들이 앞으로 극동에서 저지를 만행'이라는 화두를 틀었기 때문이다. Columban Fathers의 첫 부임지는 중국이었고, 식민조선에는 1933년 성도聖都부산의 항구를 통해 들어왔다. 100년 전 프랑스의 신부들은 '조선식민화'의 음험한 사명으로 왔지만, 아일랜드의 신부님들은 '조선독립'이라는 순수한 소명을 지니고 있었다. 프랑스선교사를 받아들인 나라들은 결국 식민화되어 모진 수탈과 핍박에 피폐해져 갔지만, Columban Fathers들은 소명 받은 대지를 영성으로 풍요롭게 꽃피우게 했다.

2차세계대전 후 조선
– 미완성의 아쉬움을 남긴 해방 그리고 내전

일본은 조선을 떠나기 전에 식민 방식을 바꾸어 영원히 지배하기 위하여 **살인청년단**을 조직하여 반도에 심었다. 그들의 임무는 해방 이후에 동포를 이간질하고 분열시킨 후, 그 핑계로 가장 잔인하게 학살하고, 선한 양민들의 불안과 공포감을 자극하고 내전을 조장하여 황은에 보답하는 것이었다. 민중의 역사는 내선일체의 황국신민임을 영광으로 알아 해방 이후 현재까지 천왕에게 충성을 다했던 그들을 **토착왜구**라고 칭했다.

1922년 에메랄드빛의 섬을 핏빛으로 물들인 민족비극이 똑같은 역사의 결을 타곤 1948년에 한반도에서 재현되었다. 불신과 반목은 결국 진영 간 전면대결로 이어졌고, 결국 국제전으로까지 확대되었다. 동족상쟁의 아픔을 잘 아는 Columban Fathers는 대립을 아우르려는 종교적 사명을 다했고, 일곱 분의 신부님이 이념의 소용돌이 속에서 선종을 맞이하게 되었다. 식민화를 위한 타락한 선교사들이었다면 희생을 감연히 받아들이지는 않았을 것이지만, 아일랜드 애잔한 영혼들의 동병상련은 죽음을 넘어 하늘에 가 닿았다.

내전의 가장 큰 피해지역은 제주도였다. 이데올로기가 뭔지 모르며 선량하게만 살던 4만 명의 양민들이 부질없는 이념대립 속에서 살인청년단에게 무자비하게 희생되었다. **패트릭맥그린치**신부님은 찢어지는 눈물에 흥건히 젖어버린 대지의 절규를 귀담아, 치유의 소명을 가슴에 지니고 초라한 교구를 스스로 찾아왔다. 오름과 들판은 정겹지만 바람만은 강인한 제주의 풍광은 고향 아일랜드와 무섭도록 닮았다. 그는 그 슬픈 대지에서 서러운 노스탤지어를 이겨낼 수 있었고, 작은 중산간 마을에 아일랜드 같은 농장과 성당마을을 일구었다. 정부는 어떠한 말 한마디 던질 수 없었던 방임자에 불과했고, 결국 제도권이 건드릴 수 없었던 복구와 치유를 어느 가난하지만 아름다운 나라의 성자가 대신해냈다.

해방아일랜드의 내전은 그야말로 순수 내전으로 에필로그를 지었지만, 해방코리아의 내전은 주변강대국들의 욕망대로 국제전으로 확대되었다. 서양에서 생겨 첨예하게 대립했던 두 이데올로기(자본주의와 사회주의) 간의 전면전은 엉뚱하게도 아직 자본이 뭔지 공동체가 뭔지 전혀 모르는 신생국에서 터진 것이다. 자기네들은 피 한 방울 보지 않고 아주 얍삽한 방법으로 세상을 둘로 갈라서 이득을 챙기는 방식에 순진한 코리아가 그만 걸려들고 만 것이다. 그 계략의 중심에는 일본이 위풍당당하게 서 있었다.

일본은 패망하지도 제국의 대열에서 밀려나지도 않았다. 해방조선의 참담한 분열과 내전의 특수를 통해 경제강국으로 도약하는 것이 그들의 신식민주의 시나리오였다. 그게 그 100년 전부터 메이지유신을 만들어 그토록 혹독하게 이웃국가들을 괴롭혀왔던 이유이다. 동북아에서 영원한 강자로 군림하는 것이 꿈이었던 일본은 생선 배 가르듯 잔인하게 해방조선을 대륙세력과 해양세력으로 쪼개어 토착왜구들을 통해 한국을 영원히 지배하려 했던 것이다.

JFK는 매우 특이한 진보적 대통령이었지만,
아일랜드인의 어쩔 수 없는 하위주체성을 극복하지 못하고 공개처형을 당했다

아일랜드대기근과 케네디 - 분열과 화합

중세 아일랜드의 케네디가家는 오랑캐들에 대항하여 조국을 지켜낸 왕족의 후예라는 부질없는 자만심에 종파가 갈려서 내분만 일삼았다. 케네디가의 분열에 독립의 대의는 지리멸렬되었다. 그러다가 독립운동의 주도권을 '영국계 아일랜드인'들에게 빼앗기자 주체의 위기를 느낀 케네디들은 반목을 던져버리고 화합하기 시작했다. 독립항쟁은 연속해서 실패했고 수많은 케네디들이 죽었지만, 함께 하는 고난 속에서 그들의 영혼은 다시 하나가 될 수 있었다. 미래에 새롭게 써야 할 역사를 위해 씨족 내부의 오랜 갈등과 불화는 서서히 이울었다.

제국의 악랄한 수탈이 낳은 '아일랜드대기근'은 칼맑스의 반시대적 고찰을 자극했다. 그가 공산당선언을 했던 1848년, 가을 어느 날 뉴로스시市의 작은 부둣가에서 '브리짓과 패트릭'은 필연적으로 어느 비참한 이민선에 함께 오르게 된다. 상한 빵과 멀건 국을 먹어가며, 항해 도중 반 이상의 승객이 바다에 버려졌다. 만약 그때 그들이 함께 같은 배에 오르지 않았거나 항해 중 **배열병ship fever**에 의해 죽었더라면 오늘날 미국의 케네디가문은 없을 것이다. 역사에 일어나지 않은 일을 가정하는 것은 무의미하지만, 때론 난해한 뭔가를 증명하는 데 큰 도움이 되기도 한다.

미국에서의 케네디 - 허약한 몸의 신체검사를 조작하여 군대에 가다 - Bloom again

혹독하게 살아남은 자들은 오랜 항해 끝에 보스턴항에 내릴 수 있었다. 배 위에서 이미 눈빛이 작렬했던 그들은 서럽고 더러운 아일랜드이민촌에 정착하자마자 결혼하여 인류역사상 가장 위대한 정치가문의 씨앗을 뿌리기 시작했다. 여느 아일랜드계의 이민자들과 마찬가지로 브리짓은 하녀 출신이고 패트릭은 농부였다. 하지만 조지버나드쇼의 언급대로 아일랜드인은 누구도 꾸지 못했던 꿈을 꾸면서 '못 이룰 게 뭐야?'라고 태연히 반문한다. 기발한 상상을 하고 그것을 현실에서 천천히 구현하는 역동적인 힘은 가장 고통 받은 켈트인들의 오랜 내공이다.

그들에게는 자유에 대한 열망과 강인한 종교적 신념이 있었다. 영국계 미국인들로부터 엄청난 차별을 극복해가며, 술통을 만들어 파는 억척스러움으로 그들의 후손들만큼은 조상들의 가련함에서 헤어나 신천지에서의 삶을 새롭게 일굴 수 있는 물질적 기반을 남겨줄 수 있었다. 그렇게 세기말 전환기에 보스턴에 사는 켈트민족의 후예들은 특유의 끈질김과 역동성으로 '잉글랜드 : 아일랜드 = 주체 : 하위주체'라는 견고한 등식을 점진적으로 해체해나갔다.

미완의 부활절독립봉기 후유증으로 아일랜드의 지도자들이 다 세상을 떠난 지 1년이 지나자 포르투갈 파티마에서는 성모발현이 있었다. 그로부터 2주 후 1917년 5월 29일 보스턴의 에메랄드빛이 감도는 온화한 가정에서 켈트민족의 오래된 서러움을 달래줄 영웅 JFK가 '일찍 죽을 운명'과 '위대해질 숙명'을 모두 가지고 이 세상에 왔다. 선천적으로 여러 질병을 달고 나와 이미 어려서 죽을 예정이었다. 주치의는 그 영아가 커서 소년기를 맞이하리라고는 기대하지 않았다. 하지만 의학적 예측은 과녁을 빗나갔다. 아기는 소년이 되었고 청년도 되었다. 죽음의 그림자가 늘 따라다녔지만, 그는 초인처럼 자기극복을 했다. 질병의 고통을 가슴에 담아내면서 정신적으로 더 강인해졌다.

병약한 사람의 취미는 '다독'이다. 신체적 결여를 조화롭게 채울 수 있는 것은 글밖에는 없다. 문학과 역사에 관심이 지대했던 그는 제임스조이스의 영향을 받아 탈식민주의에 심히 경도되어있었고, 조선의 역사가 아일랜드를 닮아간다는 것, 어느 아일랜드의 후예가 조선의 해방을 열렬히 돕는다는 사실, 그리고 聖골룸반신부님들도 특유의 아일랜드영성으로 조선을 영글게 한다는 걸 알았다. 조상들 나라의 언어예술가, 사업가, 성직자들이 아일랜드를 닮은 조선을 돕고 있다. 그래서 그는 **군인**이 되어 조선을 괴롭히는 일본을 혼내주고 싶었다. 일본과 싸우려면 바다의 전사가 되어야 했다. 그리고 전쟁이 끝나 조선이 해방되어도 바로 독립하지는 못할 테니 정치적으로 조선의 독립을 도울 것이다. 그러려면 우선 죽음에 굴하지 않고 일본과 싸우는 '진짜 사나이'가 되어야 한다.

하지만 육체적 허약함에 그는 발목을 잡혔다. 신체검사에서 몇 번을 탈락했다. 이제 남은 방법은 신체검사표를 조작하는 일뿐이었다. 그렇게 해서 해군이 되었다. 없는 병을 만들어 군대를 빠지는 것은 죄이지만, 있는 병을 속이고 군대에 가는 것은 애국이다. 그에게는 '가장 고귀한 일은 조국을 지키기 위해 군대에 가는 것'이라는 신념이 있었다. 군대에 가지 않으려 갖은 꼼수를 부리는 어느 나라의 특권층과는 대조적이다. 그는 군인이 되어 약소국을 도우라는 '가슴속 깊은 곳에서 울리는 조국의 부름'에 가장 진실하게 따랐다.

'노블리스 오블리주'는 한 나라를 강건히 지켜주는 가장 단단한 버팀목이다. 잘 사는 사람의 욕망은 세상을 더 망치지만,

잘 사는 사람의 도덕은 한 나라를 더 견고하게 지켜준다.

  병약한 신체에도 해군의 혹독한 훈련과정을 견뎌낸 케네디는 중위로 임관하여 소함정 PT109호의 함장이 되었고 바로 남태평양의 실전에 배치되었다. 하지만 일본해군은 실전경험이 전혀 없는 하룻강아지라고 봐주질 않았다. 어느 날 일본 대함정 아마기리호는 PT109을 인정사정없이 들이받아 한순간에 반동강 내어버렸다. 생존은 절대 불가능한 상황이었다. 모두가 부상을 입었지만, 초인의 정신력으로 함장은 더 심하게 다친 부하들을 데리고 수십km를 헤엄쳐서 원시의 작은 섬에 맨몸으로 표착한다. 혼자 살아남기에도 힘겨운 상황이었지만, 그는 살신성인의 군인정신으로 대부분의 부하들을 살려냈다. 조국은 그가 전사했을 것으로 판단했다. 하지만 그는 '스칼라와 카립디스'를 견뎌낸 오디세우스처럼 생환했다. 실종된 지 7일 만에 그는 조국으로 귀환했다. 그는 허리를 크게 다쳤지만, 아픔만큼의 명예를 얻었다. 그는 자기를 죽이고 조국을 구하려는 군인의 본분을 다했다. 안중근의사의 '위국헌신군인본분爲國獻身軍人本分' 정신을 실천한 것이다. 그리고 전쟁영웅이 되었다. 일본군은 그리 호의적이지 않은 방법으로 잭이 미래의 미국대통령이 되는 근거를 부여해준 것이다.
  병약하여 언제 죽을지 모르던 **범인凡人**은 이제 세계대국의 대통령이 될 초인으로 변신하기 시작했다. 『율리시즈』의 주인공 리오폴드블룸처럼 그는 장차 세계의 구원자로 거듭나기 시작했다.

진보정치인으로서의 그의 존재는 '질풍노도'였다. 그는 29세에 하원의원이 되었고 35세에 상원의원이 되었다. 결국, 망국적인 수구주의에 염증을 느끼고 있던 미국인들은 JFK를 자신들의 새로운 지도자로 선택했다. 그는 역사상 가장 젊은 나이에 세상을 새롭게 변화시켜 나갈 수 있는 자리에 오를 수 있었다.

1960년 경자년은 탈식민주의가 **잠시** 구현된 해였다. 하위주체가 주체를 능가했기 때문이다. 하지만 그때까지의 장구한 신산의 서사는 프롤로그였다. 전통의 미국은 WASP(개신교 영국계 백인)가 지배하는 나라였고, 반면 아일랜드는 800년이나 '하얀 원숭이'라고 잉글랜드의 멸시를 받아 온 하위주체였다. 그래서 JFK가 미국대통령이 되었을 때 서러움에 겨웠던 많은 아일랜드인들이 미국인보다 더 열광했다. 그들은 그를 아발론섬에서 돌아온 아더왕으로 동일시했다. 이제 아더왕의 전설은 더 이상 '전설'이 아니고 '신화'로 승화되었고, 백악관은 카멜롯으로 비유되었다.

2차세계대전의 영웅 아이젠하워는 비교적 평화주의자였다. 그는 8년 동안이나 대통령으로 재임하면서도 큰 전쟁에 개입하지 않았다. 공화당이었음에도 불구하고 그는 퇴임사에서 "미국의 군산복합체는 미래에 가장 큰 해악이 될 것이다"라는 독설을 퍼부었다. 그리곤 자신이 꺼리던 여러 난제들을 케네디에게 넘겼다. 당시 가장 중요한 미국의 대외적 사안은 쿠바와 베트남문제였다.

JFK는 쿠바핵위기가 발발하게 되자 강경책을 버리고 소련과 협상함으로써 세계를 핵전쟁 공포에서 벗어나게 했다. 당시엔 공산당에 협조한다고 큰 욕을 먹었지만, 요즘 같아선 노벨평화상 감이다. 하지만 '냉전의 심화'라는 시류를 오래 거스를 수는 없었다. 죽던 해는 케네디에게 거대한 '아포리아'였다. 살생에 있어서 저비용고효율의 비인간적 개념이 추구되었던 그 베트남전쟁은 어쩔 수 없이 케네디가 승인한 것이다. 그건 20세기 최대지옥으로 묘사될 정도의 대재앙이었다. 국지전이 시작되었지만, 그는 베트남의 분단은 베트남민족 자신들의 문제로 인식했고 내전이 국제전으로 커지는 것을 원하지 않았다. 그는 베트남내전이 이념 갈등이라기보다는 민족독립의 테제로 인식했기 때문에, 베트남에서의 미국의 확대개입을 꺼렸다.

인식은 깨달음이고 깨달음의 차이는 세상을 다양하게 분화

시키지만, 냉전시대의 차이는 약소국의 운명을 비극으로 몰아
갔다. 그는 힘없는 민족의 독립문제에 이념의 탈을 강제로 씌
워 무력을 정당화한 한 자신을 전쟁범죄자라고 생각했고, 이
제 자신의 시간이 서서히 이울기 시작했음을 깨달았다. 그에
게 식민조선과 마찬가지로 베트남은 아일랜드와 함께 오랜
'굴종의 고통'의 상련해야 할 순결한 대지였기 때문이다. 동방
의 분단국 '코리아와 베트남'에 비밀스레 갇혀버린 역사를 아
일랜드처럼 열어 미래로 펼치는 것이 그의 또 다른 주제였다.
하지만 시간이 점점 작아졌다.

　그해 6월 유럽을 순방하여 베를린에서 "세계에서 가장 큰
자랑거리는 '나는 베를린사람'이라는 것이다"라는 문장이 들
어간 유명한 연설을 함으로써 분단의 쓰라린 고통을 가슴에
매달고 살아가는 서베를린시민들을 위로한다. 이후 예정에도
없던 여정으로 조상들이 살던 곳을 방문했다. 아일랜드는 비
록 태어나서 자란 곳은 아니었지만, 늘 애잔한 노스탤지어를
느끼는 영혼의 고향이었다. 짧은 머무름 동안 그는 아일랜드
의회에서 '고난받은 아일랜드와 그 밖의 약소국들이 이제는
역사를 딛고 강소국으로 도약하여, 인류의 미래에 매우 중요
한 역할을 게 될 것'이라는 가슴에 남을만한 연설을 하였다. 그
는 아일랜드의 샤논공항을 떠나며 했던 고별사에서 어느 아일

랜드 시를 인용하며 '내년 봄에 다시 돌아오겠다'라는 여운을
남겼다.

> 영롱히 빛나는 샤논강의 물결은
>
> 아침 햇살 속에 고요하게, 밝은 희망을 발하고 있네.
>
> 아! 황홀한 정경이여,
>
> 멀고도 험해 고통스러웠던 추방의 긴 여정에서 돌아와,
>
> 춤추는 그 강물 위에서
>
> 옛 샤논의 정겨운 모습 다시 보나니

그것은 영원히 지키지 못할 약속이 되었지만, 그 시간 속의
작은 시간은 인생의 가장 의미 있는 전환점이 되었다. 고향을
다녀온 후 전쟁보다 평화를 택하기로 결정했다는 소문을 흘렸
고, 전쟁광들의 심기는 부당하게 자극받았다. 탈냉전의 물결
은 그렇게 대전환기의 소용돌이에 빠져들고 말았다. JFK는 자
신의 사형집행서류에 서명한 거나 마찬가지였다. 이제 익숙해
진 이승의 모든 것들과 별리의 정도 제대로 나누지 못할 만큼
시간은 성큼성큼 멀고 먼 저편으로 달아나기 시작했다

'인문과 진보'의 정신으로 무장된 탈식민주의 실천가 JFK

예술은 예술가가 자신의 고통을 타인이 느낄 수 있도록 형

상화해놓은 것이었다. 예술은 고통의 열매라서 치유의 에너지를 발하여 타인의 고통을 용해한다. 그렇게 예술가의 의무는 '아름다움을 창조하여 병든 세상을 치유'하는 것이다. 그래서 예술의 근본 성향은 비유적인 현실 비판일 수밖에는 없다.

부당한 압제를 오래 받는 나라는 **여성성**이 풍요로워져서 시대의 변화를 예지해내는 신비로운 감각을 지닌 예술가들이 많아진다. 예술가들은 새로운 아름다움을 추구하기 때문에 부조리한 현실을 근원적으로 인지해낼 수 있는 능력이 생긴다. 정치가들이 권력에 중독되어 부패할 때 예술가들은 올바른 미래를 그려나간다. 아일랜드의 언어예술가들은 지배받는 하위주체의 서러운 삶이 너무나 오래되었기에 그런 면에서 더욱 뛰어났다. 더블린은 그렇게 근대의 비잔티움이 되었다. 예이츠의 시 '비잔티움으로의 항행'은 더블린의 환유이다.

JFK는 태어난 순간부터 남들보다 훨씬 병약했고 이후 끊임없이 육체고에 시달려야 했다. 그 아픔을 견뎌내고 상실한 부분을 채워 내기 위하여 그는 남들 모르게 내면의 세계에 몰입하는 법을 익혔다. 그래서 그에게 인문과 예술은 소중한 의미로 다가왔다. 예술을 감상하는 것은 작가의 영적 고통을 교감하는 것 바로 그 자체다. 그에게 세상에서 유일하게 거짓됨이 전혀 없는 것은 예술이었다. 그렇게 그는 예술이 병든 현실을 치유하여 미래를 재창조함을 깨닫게 되었다.

영원한 청년 JFK는 지성의 리비도가 매우 강렬했고 제임스 조이스의 모든 소설을 탐독했다. 조국의 고통을 언어예술로 형상화한 조이스의 작품은 그의 영혼에 전이되어 독특한 치유의 양식을 발휘하였다. 조이스가 그리스의 '오디세이아'를 시공간적으로 변용하여 더블린의 『율리시즈』로 재현했다면, 케네디는 이제 『율리시즈』처럼 자신만의 끊이지 않는 이야기를 미래를 위해 쓰기 시작했다.

이제 그의 영혼은 조상들이 살아왔던 아일랜드로 향했다. 조부들이 농사짓고 살던 초가집은 그에게 많은 영감을 주었다. 증조부께서 새로운 세상을 꿈꾸었던 작은 집이다. 그 작은 꿈은 점점 더 위대한 현실로 구현되고 있었다. 오랜 핍박과 고난으로 몸은 피폐해졌지만, 정신만큼은 영글어진 모국에로의 여정으로 이제는 순수한 마음으로 더욱 자신이 아일랜드의 후손임을 자랑할 수 있게 되었다. 그는 그렇게 모국에서 역사와 인문과 예술의 정신을 더 배웠다. 그리고 그의 궁극적인 꿈은 모국의 이상을 세상에 구현하는 것이 되었다. 그때까지도 아일랜드는 영연방에 종속되어있었다. 해방은 되었지만, 아직 독립이 안 된 것이다.

JFK는 그렇게 탈식민주의* 실천가가 되었다. 그에게 후기식민주의**는 평화적인 세계화를 지향하는 도구였다. 그는 고귀한 이론들이 현실에서 조화롭게 실행되는 것을 꿈꾸었고, 고로 순수정치를 지향했다. 그는 낮은 현실보다는 높은 이상을 더 소중히 여겼으며, 기득권층의 엄청난 반항에도 불구하고 개혁을 통해 혼돈의 냉전기에 참된 질서를 부여하기 위해 고군분투했다. 그 새 질서는 심미적인 창조를 통해서 얻을 것이었고, 그러기 위해서 그는 정치에 예술의 이론을 빌어다 쓴 것이다.

정치의 뿌리는 순수인문학이다. 정치는 역사를 분석하여 만들어낸 이론들을 모아 현재와 미래를 위한 담론으로 승화시키는 작업이다. 즉, 병든 현실을 치유하고, 잘못된 세상을 바꾸어나가고, 궁극적으로 더 올바른 미래를 창조해가는 것이다. 치유한다는 의미에서 정치는 예술이고, 따라서 정치의 기능이 제대로 발휘되기 위해서는 우선 정치인들이 완전한 신뢰받을 수 있어야 한다. **깨끗하면 깨끗할수록 정치는 병든 현실을 더 치유할 수** 있다.

JFK는 인간의 가치가 '하는 일'이 아니라, '지금 읽는 책'으

---

* 탈식민주의 - 식민주의에 대항하는 이론들, 해방이 주제

** 후기식민주의 - 신식민주의에 대항하는 이론들, 독립이 주제

로 결정되는 세상을 꿈꾸었다. 존재를 추구하는 인간에게 제일 중요한 것은 예술과 책이었다. 그에겐 정신의 풍요로움이 결코 소유한 물질만으로 만들어지지 않는다는 신념이 있었고, 그것을 현실에서 실천하기 위해 마음으로 힘쓴 최초의 국가지도자였다. 그래서 결국 최후의 순간까지도 그는 권력보다는 예술을 선택했다. 많은 사람들은 그의 순수한 진정을 느꼈으며, 끊임없이 변화하는 오디세우스의 모험처럼 그가 유혹과 역경을 견뎌내며 새로운 역사를 주도해간다고 믿기 시작했다. 하지만 아쉽게도 열매를 영글게 할 시간이 그에겐 주어지지 않았다.

'하데스'에 이르는 길 - 죽음마저도 주체의 양식을 따르다. 암살이라기보다는 공개처형. 공개처형이라기보다는 자기선종

영혼은 고통을 자양분 삼아 자라나서 영성이라는 고요한 열매를 맺는다. 역리적이지만 모든 안온함 속에서는 영적성장은 정지된다. 케네디는 결코 풍요로운 삶이 가져다주는 평안함에 자신의 영혼이 오래 머무르게 놓아두질 않았다. 그는 오로지 한 가문에 주어진 그토록 고귀한 영광만큼이나 가혹한 역경을 자신이 받아들여야 할 때를 알았고, 순리대로 자신의 마음속에 그 고난을 위한 자리를 비워두었다. 그는 생을 즐길 줄 알았지만 큰 의무를 타고 난 한 인간에게 인생은 흩어진 고통의 유리알이었던 것이다. 그는 이제 운명으로 다가오는 죽음을 직감했다.

예이츠가 오래된 영혼의 성도 비잔티움으로의 항해를 시작했던 것처럼, 죽음을 예견한 JFK의 마음은 이미 고향 아일랜드로 향해있었다. 죽음은 새 삶을 향해 영혼이 육체로부터 해방되는 것이다. 죽음을 통해 영혼은 자유를 얻게 되고, 영혼 자신의 '비잔티움으로의 항행'은 시작된다.

진실한 고통을 오래 받은 사람은 내면을 응시한다. 근본적 치유에너지는 영혼의 샘에서 용솟음치기 때문이다. 그는 아일랜드 예술가들처럼 그 온화한 세계에 깊이 빠져들었다. 그는 다른 대통령들과는 많이 달랐다. 그는 바깥의 세상과 싸우려 하기보다는 조국의 악에 맞서 싸웠다. 자기내면의 악마와 싸움으로써 세계를 구원하려 하였던 것이다. 6개의 큰 전쟁을 막아내었고 7번째의 전쟁까지 막으려고 필사의 몸부림을 쳤다. 그러다가 자책감에 영원한 추방의 형벌을 택했다. 하지만 그 스스로는 아무도 자신을 또 죽일 수 없는 내면의 신비로운 세계로의 망명을 떠난 것이다.

셋째 아기가 태어나자마자 바로 부모의 가슴에 묻혔다. 베트남전쟁에 대한 끔찍한 자책감으로 인해 마음이 비틀려 찢어지는 고통을 더 견뎌내기 힘들 때였다. 이제는 가정의 아픔과

전쟁으로 인한 가책은 상승작용을 일으켜, 오랜 육체고로 인해 휘어진 영혼의 그릇은 더 이상의 고통을 한 방울도 더 담아내지 못할 정도로 망가져 있었다. 고통의 심연은 한 가련한 영혼을 멀고도 험해서 다시는 돌아올 수 없는 길로 쫓아내고 있었다. **하데스**Hades로 이르려면 도상에 4개의 강을 필히 건너야 한다. 남아있는 현실에서 그는 4개의 강을 하나씩 하나씩 건너갔다.

몇 달 전에 찾아간 조상들의 나라 아일랜드의 현실이 머릿속 깊숙한 곳의 영원한 기억으로부터 뇌리에 떠오른다. 아름답고 정겨운 마음속 고향의 처지는 또 다른 고통이었다. 그의 의식에는 한 나라의 온전한 독립과 자유보다 소중한 것은 없었다. 진정한 자유는 같은 민족이 온전히 한 나라를 이루고 사는 것이다. 여러 인종이 모여 사는 미국도 합중국으로 통합되어 잘 사는데 하물며 단일민족국가인 베트남이랴? 그들이 분단되어 살아야 하는 것은 마치 사랑하는 한 가족이 따로 떨어져 사는 것과 똑같은 비극이다. 게다가 자신은 배고픔으로 인해 이미 찢어지는 이산의 아픔을 겪어야 했던 슬픈 아일랜드의 후예이다.

그에게는 유의한 마음의 변화가 생겼다. 황천이 자신을 부른다면 기꺼이 응하기로 결심한 것이다. 만약 자신의 신념에 따라 베트남전쟁을 중단한다면 억압적 긴장만 유지되고 베트남은 영원한 분단국가가 될 것이다. 반대로 현실의 논리대로 전쟁을 확대해나간다면, 코리아처럼 동족상잔의 끔찍한 비극이 전개되고 죄 없는 베트남양민들이 형언할 수 없는 고통을 겪어야 한다. 그건 자신의 이상과는 상반되는 것이며 자신의 영혼 역시 영원한 불지옥에서 헤어나오지 못할 것이다. 전쟁만이 궁극적으로 베트남의 **통일**을 가져다줄 것인가? 하지만 통일이 최상의 선이기 때문에 유일한 방법인 전쟁을 선택한다는 것은 비참한 모순이다. 전쟁을 통해서만 얻을 수 있는 통일이라면 차라리 안 하는 것이 낫다. 수백만의 양민이 죄 없이 죽어가는 것을 보고 겪어야 할 끔찍한 영혼의 고통을 어떻게 견뎌 나갈 수 있을까?

그의 정신은 '딜레마의 얕은 강'에서 어수룩하게 헤엄치고 있었다. 살아도 죄인이 되고, 죽어도 죄인이 된다. 살아남으면 도덕적 양심에 어긋나는 죄인이 되고, 스스로 죽음을 선택한다면 영혼을 파괴한 죄를 짓게 되는 것이다. 하지만 살아서 자신은 물론, 가문 전체가 고통과 불명예에 휩싸이는 것보다는 죽음을 맞이하는 것이 의인으로서의 훨씬 더 밝은 선택이었을 것이다. 하지만 그는 로마가톨릭 신자였다. 파문은 영혼의 영원한 죽음이며, 그것 역시 가문의 불명예이다. 그러면 어떻게 스스로 죽음을 받아들이되 그 죄로부터의 면죄부를 얻을 수 있을까? 결의는 오로지 한가지였다. 그는 자신을 영혼과 육신으로 나누는 희생을 무겁게 결심했다.

그해 가을에 베트남 주둔 미군의 철수를 암시하는 소문이 정가에 흘러나왔고, 전쟁광들은 곤혹에 빠졌다. 그리고 선거 유세를 위한 남부 방문의 세부적인 일정과 이동 경로까지 자세하게 발표했다. 수구적 남부에서 케네디는 이미 빨갱이로 몰려 공개처형 대상자 신세였다. 그는 매카시즘의 희생자였지만 그 망국적인 '색깔론'을 역이용한 것이다.

오픈카를 타고 시내를 천천히 누빈다면 암살프로그램은 자동 실행될 것이다. 이미 미국에는 그의 죽음을 간절히 원하는 세력들이 이미 너무 많았다. 그들의 소원을 들어주자. 그래야 미국이 산다. 살신성인하자. 자신이 죽어서 미국은 살고 베트남이 통일된다면 한 알의 씨앗이 죽어서 큰 열매를 맺는 것과 무엇이 다르겠는가? 게다가 일시적인 슬픔에 빠지더라도 자신의 가문은 영원히 명예를 간직할 수 있을 것이다.

그는 전쟁이 나면 베트남이 궁극의 승자가 되는 역사를 미리 읽고 있었다. 해방을 간절히 염원하는 민족의 힘을 알고 있었기 때문이다. 세계의 탈식민이 온전하게 이루어져서 미국과 소련만 중심이 아닌 모든 나라가 중심이자 주체가 되면 냉전체제는 저절로 해체된다. 그러한 세계상만이 그에겐 진정한 평화였기에, 그는 자신의 평화이론을 현실에서 마지막으로 집요하게 실현해나갔다. 전쟁광들이 설치해놓은 덫에 케네디가 걸려든 것이 아니고, 케네디가 만들어놓은 보이지 않는 부비트랩에 전쟁광들이 낚인 것이다. 그의 죽음은 암살이 아니라 공개처형이었고, 그것도 스스로 선택한 셀프 공개처형이었다. 알면서도 호랑이 굴에 맨몸으로 들어가는 것이다. 자신을 빨갱이라고 지명수배한 도시의 중심가를 오픈카를 타고 여유롭게 누빈다는 것은 죽음을 겸허히 받아들이겠다는 확고한 의지를 반영하는 것이다.

11월 22일 케네디는 주위의 만류를 무시하고 오픈 카퍼레이드를 강행한다. 그날은 금요일이었고 자동차가 딜리광장을 지날 무렵 총알은 예견대로 사방에서 날아왔다. 전쟁광들은 신나게 자신들의 대통령을 향해 사격연습을 해댔다. 평화의 순교자가 탄생하는 순간이었다. 켈트민족의 고통과 베트남민족의 통일 염원을 영혼에 가득 담아서 그는 저 영원한 평화의 하늘로 돌아갔다. (총알은 **뒤**에서만 날아왔다는데, 머리가 **뒤**로 날아갔다고 경찰이 공식 발표했다. 고전물리법칙에 정면으로 위배되는 가능성 0의 초자연현상이 일어난 것이다. 뒤에서 사람을 밀면 앞으로 쓰러지는 것은 절대진리이다. 아직까지도 그 엉터리 공식입장은 바뀌지 않고 있다. 그리곤 총을 한 방도 쏘지 않은 오스왈드가 공식 단독범이 되었다. 그러고도 암살의 배후로 소련과 쿠바에 뒤집어씌우는 데는 실패했다.)

아방가르드 정치인 JFK의 꿈과 유산

오이디푸스, 프로메테우스, 시지프스, 오디세우스, 아더왕, 파우스트, 짜라투스트라, 리오폴드블룸, 요제프크네히트 그 많은 영웅들의 하이브리드 - 그는 결코 지울 수 없었던 '식민지 후예'의 낙인을 극복해내며 몹시 특이한 자아를 형성했다. 그는 자신을 뛰어넘는 노력을 아끼지 않는 초인이었다. 그는 **로마제국에 의한 평화Pax Romana**가 역사에서 범했던 오류를 교훈 삼아, **미국에 의한 평화Pax Americana**도 언젠가는 **세계의 평화를 위해per Pax Universalis** 전복되어야 할 개념으로 인식했다. 그의 아메리칸대학에서의 연설처럼 '진정한 평화는 어떤 평화인가?'는 그에게 있어서 늘 주요 화두였다.

그는 여러모로 이전 대통령들과는 달랐다. 그의 정치적 대주제는 '악성으로 구조화된 권력시스템과 냉전체제'를 해체하는 것이었다. 그래서 자국의 이익보다 세계이익을 추구했으며, 강대국들만에 의한 강압적 평화를 극복하기 위하여 세계 전체를 평화주체로 인식했다. 그는 비참한 라틴아메리카를 위해 '진보를 위한 동맹'을 결성하였고, 낙후된 제3세계에 '평화봉사단'을 파견하여 자립을 도왔다. 하지만 혁명으로 무너진 쿠바 친미부패정권의 환원에 매우 소극적이었고, '쿠바핵위기'도 평화적으로 해결해버렸다.

그는 파괴적 미국중심주의에서 벗어나 세상의 모든 국가가 다 주체가 되어 중심을 이루는 꿈을 실현하려다 그만 극우전쟁광들의 노여움을 사고 만 것이다. 그의 탈식민주의 실천성은 그 누구의 미메시스도 허락하지 않을 정도였다. 피압박을 받는 동아시아국가에 대한 그의 관심은 매우 광대했다. 그는 아일랜드의 동병상련에 약소국이 고통 받는 걸 참지 못했다. 자기가 해군에 입대하는 동기를 부여해준 조선은 해방되자마자 아일랜드처럼 분단되더니 내전의 참화에 빠져들고 말았다. 그래도 아일랜드는 이제 독립했으니 아일랜드와 역사가 비슷한 한국으로 사유의 초점이 전이되었다.

그는 하원의원 시절 한국전쟁에 심란해지자 1951년 가을에 동생들까지 데리고 부산을 방문했다(마릴린먼로는 이듬해 한국에 왔다). 이후 승승장구하더니 10년 후 대통령이 되었다. 그리곤 당시 북한보다 가난한 한국의 경제발전을 촉진하기 위해서 매우 구체적인 **'수출주도형 공업화정책'**을 제시하여 한국의 혁명적 경제부흥을 가능케 했다.

그는 넓은 평화를 위해 살신성인하기로 작정한 사람이었다.

모진 세상과의 별리가 스멀스멀 다가옴을 직감하곤 동생 로버트에게 "내가 죽거든 나대신 한국을 꼭 방문하여 '대한민국을 수호하는 것은 자유인의 의무이며, 코리아 평화변영의 새로운 방안을 모색하기 위해 왔다'라고 전해주게. 그리고 네가 나를 이어 꼭 코리아의 번영과 평화통일에 헌신해주게"라고 했다. 그리고 로버트케네디는 형이 죽자 2달 뒤에 방한하여 죽은 형의 순수 의지를 그대로 전달했다.

* * *

그는 몸이 약했기에 초인의 길을 걸을 수가 있었다. 진단서를 조작하여 병역면제를 받는 '쉬운 방식'으로 인생을 속이기보다는, 신체검사를 속여서 군대에 가는 진짜애국으로 자신의 건강문제를 넘어섰다. 로버트프로스트의 '가지 않은 길'처럼 상식과는 반대되는 자기극복의 길이었다. 그는 자신의 질병을 극복해가는 방식으로 자신만을 넘어서 세상을 치유하는 시도를 했다. 자신의 병약함을 병든 세상과 등치시켜, 자신의 치유를 세상의 치유와 등식화하는 선지자의 길을 걸었다. 그것도 패배주의적 '쉽지만 낮은 길'을 버리고, 승리주의적 '어렵지만 높은 길'을 택한 것이다. 그가 달에 가려고 결심한 이유는 '그 길이 쉬운 길이 아니고, 어려운 길이기 때문'이었다. 그는 미국만의 이익에 반하는 보편성을 지향하다가 반역자 낙인이 찍히곤 전쟁광들의 주적이 되었다. 그래도 그리 높게 누린 것을 세상에 진 큰 빚으로 알아, 자신의 생명으로 세상에 갚았다.

체게바라는 케네디가 미군의 쿠바 침공을 막았고, 쿠바 미사일위기 이후에도 쿠바와의 관계 개선을 꾸준히 도모한 점에 대하여 감사한 마음을 가지고 있을 것이다. 체는 JFK가 선종했을 때 '낡은 사람은 가고, 새 사람은 오라'라는 다소 상징적인 추모사를 전했다. 체게바라 역시 반은 아일랜드혈통이었다. 동생 로버트케네디도 형의 유지를 따르고자 5년 후에 민주당 대선경선에 참여했지만, 승리의 문턱을 넘는 찰나에 형과 똑같이 평화를 지향한다는 이유로 공개처형을 당했다.

이제 모두가 다 떠나서 없다. 시간은 사라지고 공간은 텅 빈 세상이 되었지만, 그만큼 채워질 여백은 많아졌다. 조이스가 그리는 새로운 세계상은 JFK의 사상에 큰 영향을 주었다. 그렇게 케네디의 미래 꿈은 그냥 조이스의 『피네간의 경야』가 이루어지는 것이다. 왜냐하면 그가 『율리시즈』를 읽고 초인이 되었으니까. 근데 그 초인이 되는 과정이 파우스트처럼 기가 많이 막힌다.

* * *

잦은 병치레에 **털 빠진 원숭이** 같았던 약골 JFK는 여러 번 병역면제를 받았지만, 진단서를 조작해서 결국 입대를 했다. 제대 후 **마릴린먼로**로부터 『율리시즈』를 빌렸다. (아마도 **아더 밀러**가 제일 먼저 읽었을 것이다.) 그리고 『율리시즈』를 읽더니 **용 龍**이 되었다. 『율리시즈』는 범부가 자기극복의 초인서사를 거쳐 **용이 되는** 내용이기에 그는 『율리시즈』 주인공처럼 역사상 가장 선한 모습을 지닌 정치인이 되었다.

그는 예술과 권력을 매우 이분법적으로 사유하는 **탈권력정치인**이었다. 그는 '권력은 인간을 오만방자하게 만들고, 반면 예술은 사람으로 하여금 겸허히 자기한계를 깨닫게 한다. 또한, 권력은 세상에 획일성을 강요하지만, 반면 예술은 존재의 다양함과 풍요로움을 추구한다. 그렇게 권력은 사회를 타락하고 병들게 만들지만, 반면 예술은 세상을 깨끗하게 하고 치유한다'라고 생각했다.

그의 사상에 따르면, 서민들의 귀한 삶이 큰 분열, 큰 싸움, 큰 질병, 큰 사고, 큰 불행들로 찌드는 이유는 **권력에 걸신들은 정치인**들이 서로 악마처럼 대립하고 싸우기 때문이다. 그리고는 권력층은 서민들의 큰 분열, 큰 싸움, 큰 질병, 큰 사고, 큰 불행들을 경제적으로 즐긴다. 기득권층들은 결국 권력에 중독되어 계속해서 세상을 이간질하고, 싸우게 하고, 병들게 하고, 더 큰 비탄과 고통의 늪에 빠트리는 것이다. 그렇게 세상이 불행해질수록 기득권층들은 행복해진다. 하지만 건강한 행복이 아니고 마약에 취한 행복이다.

만약 정치인들이 권력중독에서 치유되어 대립을 버리고 '포용과 화합'의 철학을 정신에 간직한다면 세상의 분열, 싸움, 질병, 사고들의 크기가 매우 작아져서 서민들은 큰 불행으로부터 해방되어 더 건강해지고 행복해진다. 이것들이 **인문정치인**으로서의 그의 독특한 철학이다.

『율리시즈』의 사상은 존중, 평화, 화합, 통일이다

JFK는 그것을 따랐고 특히 베트남전쟁에 소극적이어서 극우 전쟁광들의 분노를 사게 되었고, 빨갱이 누명을 뒤집어써서 결국 공개처형 1호 대상자로 떠올랐다. 그리곤 그는 자신의 죽음이 임박했음을 알아, 대비를 시작했다. 믿을 수 있는 사람은 오로지 친동생뿐이었다.

탈식민 해방정치인 성향의 JFK는 세계의 탈식민주의적 상황, 특히 아일랜드와 베트남, 한국에 관심을 쏟았다. 그는 일본과 바다에서 싸우기 위해 해군에 입대했고, 한국전쟁 때는 부산을 방문했으며, '수출주도형 공업화전략'을 제시하여 남한의 경제도약을 도왔다. 다가오는 죽음에 대비하여 동생에게 코리아와 베트남의 평화통일을 잘 도우라는 특명을 남겼다. 하지만 동생도 공개처형을 당했다.

그는 **그리스와 로마의 이야기**를 특히나 사랑했다.

부인에겐 만약 그가 세상을 일찍 떠나면, 꼭 그리스로 가라고 그리고 거기서 주어진 삶의 진정한 의미를 발견하여 모든 것을 견뎌내라고 했다. 남편이 떠나곤 시동생마저 떠나자, 그녀는 그리스로 향했다. 포세이돈을 견뎌내며 경이로운 바다에 홀로 떠있는 섬 이타카를 찾아서.

슬픈 베트남전쟁 - 한국경제 도약의 일등공신

1858년 인도차이나반도를 통째로 삼켜버린 프랑스는 바로 동북아의 작은 반도국가 조선을 노렸다. 제국 군대는 병인양요를 일으켰지만, 반격이 거세지자 강화도에서 수많은 양민을 학살했고 외규장각의 도서와 보물을 약탈했으며 복수한다고 수많은 조선의 국보를 불태웠다. 문화대국이라는 프랑스가 한 짓이라고 보기에는 너무 치졸하고 어이없는 사건이었다. 그들은 아직도 훔쳐간 그 외규장각도서와 보물들이 마치 자기네 것인 양 반환을 거부하고 있다.

도둑이 가장 불쌍해 보일 때는 투기하고 훔친 물건이 자기 것인 줄 착각하곤 낄낄댈 때다. 그 장물이 얼마나 많은 저주의 씨앗을 자신 운명의 밭에 뿌려대고 있는지 감지조차 못하곤

호강에 겨워하다가 십수 년이 흘러 그 씨앗이 다 자라 튼실한 불행의 열매를 맺게 될 때 '하늘님! 어찌 이런 귀한 시련을 제게 주시나이까?' 하며 통성을 한다.

조선 침략이 만만치 않자 프랑스는 조선을 미국에 넘기고 인도차이나에 전념한다. 하지만 100년 후에 프랑스가 디엔비엔푸에서 깨지자 베트남을 미국에 넘긴 것처럼, 미국은 청일전쟁과 러일 전쟁에서 연승한 일본에게 '우리는 필리핀을 먹을 테니, 너희들은 조선을 먹어라'라는 불량한 합의를 맺었다. 미국과 일본으로 공격권이 양도되는 방식에 베트남과 한국은 시차는 있었지만 똑같았다. 2차세계대전이 끝나기 전 위기의 제국들은 이미 새로운 방식으로 세계를 지배하는 방식(예컨대 식민지들이 독립되더라도 모국에 계속해서 충성을 다해 협력할, 이른바 토착왜구 같은 세력을 만들어 간접지배를 고착화시키기)을 공모했다. 식민주의는 끝나갔지만 신식민주의로 다시 태어난 것이다. 20세기에 들어와 슬픈 베트남은 슬픈 아일랜드와 슬픈 코리아의 매개변수였고 아일랜드만 일찍 비극에 마침표를 찍었다.

베트남전쟁은 아이젠하워 때 기획되었고, JFK가 맛보기로 시작했으며, 존슨이 전면전으로 확대했고, 닉슨이 개죽을 쓰다가 결국 포드 때 미국의 개망신으로 끝난(서방제국의 관점에서 보면 타도 공산주의였지만, 베트남인민의 입장에선 민족해방전쟁인), 시작과 결말이 '안개 속의 풍경' 같은 사건이다. 베트남전쟁(1964~1975)은 이미 1945년에 시작된 인도차이나전쟁의 일부분이며, 인도차이나전쟁과 궤를 비슷하게 하는 코리아전쟁과 포괄적으로 사유되어야 한다. 그냥 인도차이나전쟁과 코리아전쟁을 합쳐 동아시아대전이라 명해도 좋을 듯하다.

조국의 완전한 독립과 자유를 위해 유럽 배우기를 결심한 **호치민**은 일찌감치 베트남을 떠나 온갖 힘든 노동을 하며 식민모국 프랑스는 물론 여러 나라를 주유한다. 그가 아일랜드 독립운동가들과 비밀회합을 한 후 더블린 부활절봉기가 일어났다는 이야기는 유명하다, 그리고 3년 후엔 3.1 만세운동이 일어났다. 어떤 민족주의적 교감이 있었기에 그리도 강렬한 연쇄작용이 가능했을까? 어떻게 그 왜소하지만 강한 동양의 청년에게 아일랜드는 해방운동에 관한 지도를 받게 되었을까? 3.1운동이 궁극적으로 조선해방의 기폭제가 되었다면, 우리는 아일랜드는 물론 심히 호치민에게 고마워해야 할지도 모른다. 그때의 회합에서 커다란 감화를 받은 에이먼데발레라는 부활절봉기에도 살아남아 해방아일랜드의 대통령이 되었으며 무려 60년이 넘도록 권좌에 앉아 있다가 1975년 결국 베트남의 진정한 해방과 통일을 보고 선종했다.

* * *

JFK 공개처형 이후 베트남전쟁은 무자비하게 확대되어 북베트남이 모두 불타는 지옥이 전개되었지만, 결말은 베트남의 통일로 맺어졌다. JFK의 염원이 이루어진 걸까? 한국전쟁이 일본경제 재건의 일등공신이었다면, 베트남전쟁은 한국경제 도약의 특등공신이었다. 역사는 참 이상하다. 하지만 이제는 좀 미안한 마음을 가져야 할 때가 아닐까? 빌리브란트처럼.

이타카는 그대에게 인생의 아름다운 항해를 주었습니다.

그 아일랜드가 없었다면 그대는 결코 그 긴 여정을 떠나지 않았을 것입니다.

이제 그곳에는 그대에게 줄 아무 것도 남아있지 않습니다.

그대가 아일랜드의 '가난하지만 아름다움'을 생각한다면,

이타카는 그대를 속이지 않은 것입니다.

여정의 수많은 경험으로 많이 지혜로워진 그대는

그때쯤 이타카가 무엇을 의미하는지 이해하게 될 것입니다.

- 「Ithaca」, C.P.카바피, 그리스의 시인 -

에필로그

미완의 에필로그는 또 다른 프롤로그로.

그렇게 세상은 선악을 주유하며 영원히 돌고 도는 것

도대체 그 언제까지 나의 존재가 이어지는 걸까?

시지프스의 고통을 아는 나는 수시로 이런 생각을 한다. '만약 나의 실존이 영원히 존속되어야 한다면? 100만년이며 5억년 후에도 똑같은 질의 결여를 채우느라 하릴없이 돌 굴리기를 반복해야 한다면?', '삶에 주어진 것의 일부만을 알아내고 간다면 나머지는 어떻게 되는 거지? 그렇다면 또 와야 하는 게 아닌가?'라며 영원회귀를 암시하는 파스칼메르시어의 말처럼, 미완의 여백을 남기고 떠나갔을 때 불충의 죄로 그 지겹고 힘든 자기담금질을 무한 반복해야 하는 것이 모든 존재의 아마득한 운명이라면? 종교는 여전히 피동성만을 강제하는데, 육체는 순리에 따라 회귀자연 한다지만 영혼은 어찌 되는 거지? 그래서 영원한 삶은 내겐 몹시도 끔찍한 일이다.

그래서 나는 'terminater'보다 더 끝판적인 'exterminater'라는 단어를 더 좋아한다. 나는 몸은 물론이고 영혼조차도 어느 순간엔 'completely exterminated'되기를 강렬히 열망한다. 나는 완전히 없어지고, 예술가들처럼 존재가 멸할지라도 작품을 통해 정신만이 영원히 남아있는 것이 훨씬 좋다.

너무나 짧았던 그 청순가련이 질풍노도와 함께했던 시절, 이미 심각한 과로로 마음의 병인 스트레스골병, 탈진증후군에 걸리고 말았다. 치유를 위해선 전공을 바꿔보라는 조언을 받아들여 한의대에 합격했지만, 경제가 말라버려 포기하고야 말았다. 자폐의 공포에서 오직 의지할 건 아직 오래전 신탁이었다. 그래 한 번만 가보자. 몸과 마음의 경이로운 평화를 잠시라도 얻을 수만 있다면! 무언가에 중독되는 이유도 다 그 찰나의 희열 때문 아닌가? 아무리 독립된 존재라도 영속을 위해선 조금씩 의지해야 한다. 만약 내가 아일랜드에 의존성이 생기지 않았다면 아마도 일찍 사멸했을 것이다. 그래서 잠시도 멀다 하고 해마다 찾아갔다. 하지만 사람이 의사의 치료를 아무리 받아도 언젠가는 죽듯이, 치유가 반복되었어도 결국은 심각한 존재의 위기가 찾아왔다. 트로이의 치유는 영원했고 로마는 비잔티움으로 이어졌지만, 아일랜드의 치유는 시간이 채워지니 그냥 인간의 운명을 따랐다.

신神과 동물 사이의 위태로운 경계선을 타야 하는 존재들에게 치유의 순간은 연속적이고 상대적 지점이며, '살아온 나날에 쌓인 오류를 풀어내곤 다시는 예처럼 꼬이지 않도록 잘 매듭지어서 더 나은 존재가 될 준비가 된 상태'를 뜻한다. 그렇다면 나는 치유되었을까?

나는 필연적으로 던져진 실존의 아무런 의미도 모르는 채 무의식의 북극성을 따라 '멜랑콜리커'들만이 좋아라 황홀해하며 여행하기에 딱 좋은 그 비바람 스산하고 풍광이 황량하여 고독한 섬의 외로운 방랑자가 되었건만, 아직도 엉킨 실타래는 아드리아네의 그것보다도 더 버겁기만 하다. 치유의 대전제는 '한계를 넘어서려는 빈사의 자기극복'이거늘, 나는 궁상바가지 알랜폐인들의 안일한 도피를 쉽게 모방했을 따름이다. 시간 속의 작은 시간으로 공간의 큰 변화를 잠시 이루었다고 해서 존재의 원판은 쉽사리 바뀌지는 않는다. 오히려 내면에 쌓이는 반복의 여독으로 극복과 도약은 멀어져만 가는 항성의 도플러 효과처럼 느껴졌을 뿐이다. 그 어느 누가 다이달로스가 되어 나를 영원한 미로에서 구원해줄까?

어쨌든 이제는 끝나야 마땅할 항해, 바스쿠다가마를 그리며

진보적 존재의 의무는 주어진 시공간의 저편으로 넘어섬이고, 그 양식으로서의 마음의 항행은 공간을 가로지름을 통해 결국 시간을 주유하는 것이다. 하나의 '시간 + 공간'은 다른 시간을 낳는다. 그 새로운 시간은 상응하는 공간을 새로 창조해낸다. 그렇다면 어떻게 살면 시간을 잃어버리고, 어찌 쥐어짜면 시간이 만들어지고, 또한 어찌 사유하면 잃어버린 시간을 되찾는 거지? 기억에 의한 상실과 되찾음의 대상이라면 의식은 '인식하는 주체'이고 시간은 '인식 당하는 객체'라는 거다. 고로 의식의 흐름 - 시간은 흐르지 않았고, 움직이는 것은 마음뿐이었다.

35년을 아련하게 견디고 채웠지만, 무상한 공간 속에서 상실했던 그 무수한 시간들을 무의지적 기억으로 되찾아내어 의미를 부여함이 이리도 힘든 일인지 미리 알았더라면 결코 시도조차 하지 않았을 거다. 프루스트처럼 마들렌 한 조각을 입에 넣고 따뜻한 홍차로 적시면 잃어버린 기억들이 자판기처럼 마구 쏟아지는 줄 착각했었다. 결국 비의도적 기억조차 영혼을 강하게 쥐어짜지 않으면 향내 강한 에스프레소가 되지 않았다. 오히려 부수적으로 쏟아지는 의지적 기억은 가볍게 멋대로 여기저기 돌이킬 수 없는 상처를 뿌려대었다.

초라하게 항해를 시작했던 작은 배는 신산의 높은 파고를 견뎌내곤 더 큰 난파선이 되어 귀향길에 접어들었으나, 어느 항구에서도 받아주질 않았고, 바람은 더욱 거세어 암초에 좌초될까 무모한 표착조차 쉽지는 않았다. 애타게 나우시카를 찾았지만 불량한 해안만 배회하게 되었다가 다시금 망망대해로 회귀하여 심연에 영원의 닻을 내리고 말았다. 이미 내 영혼은 자기기만의 둔중한 상념에 짓밟혔고 세습의 집요함에 짓이겨진 자아는 치유 불능으로 뭉개졌다. 안일한 뭍의 어떠한 구경꾼도 나의 파손을 인식해주지 않았다. 진짜로 우주는 시공간적 대응의 양식으로 존재하는 걸까? 그렇다면 소울메이트는 어디엔가 있는 걸까? 때론 야속했지만 결국 나에게만 주어진 나만의 고통을 의무적으로 노예처럼 겪어야 했을 뿐이다. 그러다가 지쳐서 창백한 미완의 아련한 여백을 남기고 존재가 이울어가는 중이다. 자기의 진盡이 심각하게 빠졌다는 걸 알게 되면 자기별리의 고통도 희열로 승화된다.

너무 오랫동안 시간을 좌표 삼아 나를 견뎌내다 보니 남아 있는 둘은 없다. 나 이외엔 아무도 없는 하나든지, 하나가 하나를 넘어선 셋이든지, 그렇게 둘만은 없다. 영원한 둘은 극단으로 대립하고 싸워야 하고, 그러다 보면 견딜 수 없이 아파진다. 후손은 조상들의 긍정변증법적 소산이어야 하고. 조상과 후손은 그렇게 모두 다 과거와 미래처럼 내 안에 살아있다. 그래서 늘 채워지지 못한 여백에 아파하며, 새로운 존재의 방식을 선언하는 거다. 그게 템플기사단을 회생시켜 대항해시대를 연 바스쿠다가마가 진솔하게 후손들에게 바라는 바일지도 모르겠다.

삶을 다 소진했지만 어려운 길이라 여겨 떠났던 '디오니소스'의 꿈은 아직 이루어지지 않았다. 현실의 엄연한 벽에 부딪혀 비틀거릴 때, 독서로 시간을 넘어가선, 주어진 비극을 희극으로 승화하려는 몸부림도 쳐보았다. 하지만 더 큰 비극의 주체는 조국이었다. 세기말의 대전환기, 거대한 세류에 전복된 한반도는 시간을 완전히 잃어버리곤 그냥 외로운 섬으로 고립되지 않았던가? 불의가 정의로 포장되어 강요당할 때 니체의 '반시대적 고찰'에 영감을 받아 순종을 뛰어넘는 저항도 해보았지만, 문자는 문자일 뿐이었고, 여전히 조국은 강대국들에게 절절매는 객체에 불과했다. 인간적 순종과 초인적 저항은 지겹게 반복되었지만 그래도 조국의 항해는 크고 담대하여 마땅히 가야 할 항로를 크게 벗어나지는 않았다. 그 작은 노잡이 중 하나였다고 스스로를 위안하며, 이제 할 만큼 다 했고 남은 에너지도 없으니 대열에서 빼달라고 강하게 기도 중이다. 탈진한 영혼은 존재의 껍데기만을 남겨놓고, 이미 은하계 저 너머로 영원한 망명을 떠났을지도 모른다.

그나마 남아있는 껍데기라도 유지하려면 먹고 싸야 하고, 쪼개졌어도 정신이 살려면 읽고 써야 한다. 나는 '남아있는 나'마저 완전히 소멸할 때까지 계속해서 먹고 싸고, 읽고 쓰기를 반복할 것이다. 대학 6년 동안 유일하게 A를 받은 과목은 작문이었다. 하지만 의료의 중압감에 그 재능도 다 사라지고 말았다. 하지만 이제 잔류한 시간이나마 그것을 다시 살려내어 한순간 존재의 풍요로움을 느껴보고 가는 것이 바람이다. 그것이 사바세계에 어떤 도움이 될지는 회의의 여지가 많지만, 정신의 불멸성을 조금이라도 더 연장하는 유일한 길이라 생각한다. 'Cogito ergo sum'이 아니던가?

* * *

　그렇게도 많이 뇌까렸지만 회한은 동토에 어우러져선 여전히 꼼짝도 하지 않는다. 만약 십자군이 이겼더라면 포르투갈의 대항해나 예수회도 없었을 거고, 조이스가 의과대학을 계속 다녔다면, 부활절봉기가 성공했더라면, 그가 태평양에서 전사했더라면, 패트릭스미스신부님을 찾아가지 않았더라면, 더블린공항에서 우연히 토마스케네디신부님을 만나지 않았더라면 이런 이야기는 없었을 것이고, 모든 게 다 달라져 있을 터인데. 이제 모든 게 다 지겹고 지겹도록 아쉽다.

　빈사의 영혼을 치유 받고자 떠난 아일랜드순례, 여정들에 녹아내린 『율리시즈』, 어느 젊은 군인의 초상, 가장 고통스런 삶들에 대한 끝없는 탐구. 내 삶에 능동적으로 다가왔던 과제들을 순응하듯 채우려 나름 방황해가며 노략했지만, 한번 에피메테우스는 만유인력을 초극 못하는 영원한 에피메테우스였을 뿐이다. 그 많은 시간과 공간을 소진시키고도 '그것 밖에 못했냐?'에 대한 자책에 내가 스스로를 용서하지 않는 마음으로, 하지만 그래도 나만이 나를 이해하고 사랑하기로, 그리고 나만이 나 자신을 치유하기로, 그래서 자신만이 스스로를 구원하기로 알아 받아들였다.

　이제 다 이야기했나? 하지만 응축된 에너지를 지닌 숨은 넋

두리는 많이 남아있다. 그것들이 더 녹아내리고 스며 나와 앞으로도 얼마나 더 영원히 의문의 신비를 간직한 채 인구에 회자될지 모르지만, 나는 여전히 '판도라의 남편'이며 아내의 상자를 마저 개봉하려고도 한다. 그게 세상의 무대에 선 단역배우의 일원으로서 최소한의 애드립 의무를 다하는 것일지라.

여기까지 **'자기구원의 해방신학자'**이신 토마스케네디신부께서 하신 말씀들의 연역을 줄기 삼아 가지를 가꾸어 보았다. 그가 던진 말씀에 내가 양념으로 버무려서 이야기를 만들었지만, 이게 무슨 산문이라고 많이 어설프다. 전업작가가 되면 좀 더 나아질 수 있으려나? 암튼 바스쿠다가마가 물질세계의 대항해시대를 열었고(식민시대를 연 포르투갈의 대항해시대는 일종의 자기해방이었다.) 제임스조이스가 정신의 대항해시대를 열었다면, 토마스케네디신부는 영성의 대항해를 열었는지도 모르겠다.

별거 없는 거로 참 오래도 질질 끌었다. 그게 에피메테우스의 한계이다. 이제 영혼의 자양분이 될 진짜 글 좀 써야겠다. 하지만 시간이 없다. 마르셀프루스트는 『잃어버린 시간을 찾아서』를 거의 다 쓰고, '이제 글이 좀 되네!' 하고 자존하더니 다음날 죽었다. 그게 존재를 쥐어짜서 글을 만들어야 하는 예술가의 운명이며, 필멸의 존재가 영원성을 부여받는 유일한 양식이다. 예술은 길고 인생은 짧다. 하지만 인생은 길고 권력은 짧다. 천사는 영원성을 추구하기에 예술의 사도이며, 악마는 순간성만을 좋아하니 권력의 사도가 되는 것이다. 동물성과 신성 사이를 오락가락해야만 겨우 생존이 가능한 '상대성세상'에 절대선, 절대악이 어디 있다는 말인가? 절대개념은 권력자가 상대의 세계를 유영하는 존재들을 겁박하여 권력을 유지하기 위한 수단이지만, 좀 긍정하자면 결국 모두의 정신이 수렴되어야 할 일치점이 아닐까? 상대성세상의 한계로서의 자기를 극복하여 절대를 추구하는 존재들, 다르게 말하면 보수를 지향하는 진보주의자들로 세상이 꽉 찬다면 어떤 변화가 올까?

* * *

우리는 모두 다 **건강과 행복**을 추구하며 산다. 삶의 과정과 결론이 모두 다 건강이고 행복이기를 바라는 거다. 하지만 '건강하지 못한 행복'이 더 많고, '행복하지 못한 건강'도 많다. 왜 '행복한 건강'과 '건강한 행복'은 드물까? '건강하면 행복하다'와 '행복하면 건강하다'의 두 명제가 합일되지 못했기 때문이고, 그 이유는 건강 행복의 주제에 있어서 '주체와 객체성'을 넘어서는 상호주체성이 추구되지 않았기 때문이다.

건강이란 무엇일까? 건강은 아무런 질병이 없는 상태인가? 하지만 노화와 질병은 자연의 순리이기 때문에 피할 수 없는 것이다. 그렇다면 건강의 정의는 '질병이 없는 상태'가 아니고 '질병이 매우 작게 쪼개진 상태'이어야 옳다.

행복이란 무엇일까? 행복은 아무런 불행이 없는 상태인가? 하지만 일련의 불행은 자연의 순리이기 때문에 피할 수 있는 것이 아니다. 그렇다면 행복의 정의는 '불행이 없는 상태'가 아니고 '불행이 매우 작게 쪼개진 상태'이어야 옳다.

건강과 행복도 선악과 마찬가지로 모두 상대적 개념이다. 상대성세상의 건강 행복 문제에 있어서 제일 중요한 원리는 미분원리이다. 뉴턴이 아리스토텔레스의 자연철학에 수학적 원리를 붙여서 미분공식을 만들었다면, 우리들의 의무는 자연철학의 사회학적원리, 자연철학의 의학적원리, 자연철학의 신학적원리, 자연철학의 법학적원리를 만들어서 세상의 큰 불의, 큰 사고, 큰 질병, 큰 범죄, 큰 싸움, 큰 불행을 잘게 잘게 써는 것이다. 나쁜 것을 잘게 미분할수록 더 건강하고 행복한 세상이 된다.

식민주의는 종식된 게 아니다. 지배방식의 탈을 바꾸어 쓴 신식민주의는 아직도 끝나지 않았고, 기득권층은 여전히 서민들의 **큰 사고, 큰 질병, 큰 누명, 큰 싸움, 큰 아픔, 큰 불행**을 경제적으로 낄낄대며 즐기고 있다. 어떻게 하면 이 헬조선의 끔찍한 상황에서 벗어날 수 있을까?

뉴턴의 미분방정식 중 가장 간단한 것을 응용하는 사유만 하면 된다. 미분원리에 의하면 원인(주체, 독립변수)이 많아질수록 결과(객체, 종속변수)의 크기가 작아진다. 따라서 모두가 다 원인이 되려는 진지한 노력을 하면 세상불행의 크기는 작아질 수밖에 없다. 그래서 내가 믿는 종교의 핵심 사상이 바로 '모든 게 다 **내 탓이오 내 탓이오 내 큰 탓이로소이다**'이다. 이렇게 모든 이들이 다 'mea culpa, mea culpa, mea maxima culpa'의 정신으로 살면 세상의 나쁜 것들은 다 한없이 작아진다.

하지만 **정치인들이 가장 큰 문제**다. 정치인들은 자신들이 뒤봐주는 기득권층의 이익을 위해 모든 서민가정까지도 병들게 하는 만행을 저질렀다. 플라톤의 '국가론'에 의하면 정치의 목적은 권력을 국민들에게 공정하게 나누어주는 것이라 했지만, 현실의 정치인들은 국민들로부터 권력을 교묘히 차압하여 자신들의 부귀영화에 악용한다. 또한, 소크라테스의 수제자가 말씀하시기를 정치인들이 서로 사이좋게 화합하면 국민들에게 좋은 일이 더 많이 생기는 반면, 정치인들이 권력에 걸신들려서 서로 아귀다툼하면 국민들에게는 큰 불행한 사건들이 무수하게 일어난단다. 하지만 정치인들은 서민들의 변호인인 척하면서도 결국 기득권층의 대리인이기에 자신들의 본분에 역행하여 이 세상의 '악'을 크게 키우는 데만 몰두한다. 다시 말하지만 정치인들도 서민들의 큰 사고, 큰 질병, 큰 싸움, 큰 불행, 큰 아픔을 경제적으로 즐기는 기득권층에 속한다. 그렇지 않은 정치인도 있지만, 마음이 진정 서민의 편에 서다가는 대부분 '진보 - 좌파 - 빨갱이' 한 묶음으로 몰려 비참한 죽임을 당하는 게 슬픈 현실이다.

정치인은 이 세상에 대해 가장 큰 책임을 져야 할 변화의 주체이지만, 실제로는 오리발 내밀고 책임을 뒤집어씌우는데 능한 얍삽하기 그지없는 집단들이다. 정치인들은 더 나은 세상을 위해 계층간 지역간 화합과 통합을 위해 노력해야 마땅하지만, 기득권의 강화를 위해 계속해서 이간질하고 분열시킨다. 정치인들은 자신들이 제일 가난하게 되더라도 서민의 富를 위해 헌신해야 할 의무가 있지만, 실제로는 자신들이 제일 부자가 된다. 정치인들은 자신들의 건강을 가장 많이 잃더라도 세상의 건강을 위해 희생해야 마땅하지만, 자신들만이 제일 건강해진다. 그들이 과로사하는 일이 있던가? 정치인들은 서민의 행복을 위해 자신들의 행복을 기꺼이 내려놓아야 마땅하지만, 서민들의 불행을 경제적으로 즐기며 자신들은 행복에 겨워한다. 정치인들은 바른 세상을 만들기 위해 가장 깨끗해야 함이 옳지만, 실제로는 가장 부패해 있다. 그들은 이기주의에 찌든 암세포처럼 권력을 흔들어 동족의 피를 빨아들이는 이익집단에 불과하다.

그들에게 올바른 역사와 미래를 맡길 수 있을까? 이제는 서민들이 자신들의 힘만으로 스스로를 극복하여 자기주권을 얻어 나가며 세상을 바꾸는 **능동적주체**로 거듭나야 하지 않을까? 건강과 행복 문제를 정치인들에게 위탁했다가는 질병과 불행으로 찌든 세상을 맞보게 될 뿐이다. 이제는 스스로의 권리보다 **의무**를 먼저 다함으로 더 건강해지고 행복해지려는 노력을 해야 한다.

그래서 토마스신부님은 가장 주체적인 삶을 살다 갑자기 사라진 정치인 JFK를 후기근대에 소환한 것이 아닐까? 군대를 가기 위해 신체검사표를 조작한 그 바보영웅을, 국민들에게 국가가 다 해주겠다고 환심을 사는 대신 국가가 뭐 해주길 바라지 말고 대신 자신이 국가를 위해 뭘 할 수 있느냐고 스스로에게 요구하라고 말했던 그 특이한 정치인을, 쉬운 길이 아니고 어려운 길이기에 달에 간다는 그 승리주의자를, 서민과 약소국을 위해 세상을 바꾸려다가 빨갱이로 몰려 공개처형된 그 가련한 오이디푸스를 아일랜드 어느 시골 작은 성당의 사제가 불러내었다.

"과거는 사실이라서 필연이지만, 역사는 해석이라서 우연이다. 과거는 종속변수(**객체**)이고, 역사는 독립변수(**주체**)라는 뜻이다. 주체만이 세상을 바꿀 수 있다. 따라서 과거는 미래를 바꾸지 못하지만, 역사는 미래를 바꿀 수 있다. 그래서 잠자는 미래를 밝게 깨워내기 위해서는 모든 과거는 달래고 찬미해야 하며 왜곡된 역사는 곧게 해야 한다. 잘못해놓고도 찬미 받을 수 있는 것도 종속변수(**객체**)의 특권 아닐까? 반면 잘해놓고도 지탄받을 수 있는 것은 독립변수(**주체**)의 특성이기도 하다. 반면 역사를 잘못해 놓으면 미래도 왜곡될 뿐이다. 저주받을 미래가 싫다면 비뚤어진 역사를 반드시 바로 세워야 한다. 주체가 바로 서야 미래가 밝아지는 것이다."

이 내용은 토마스케네디신부가 JFK에게 전한 말이란다. 애틀랜타에서 불어오는 차고 습한 바람을 오래 맞아서 그런지 아일랜드사람들은 뻥이 센 편이다. 아일랜드는 순혈종족이라 계보학이 발전되어 있고 자기가 JFK보다는 많이 어리지만 항렬이 비교적 가까운 9촌아저씨뻘이라 영적 조언을 많이 해주었다는데, 워낙 과장법들이 심해서 좀처럼 완전히 믿기지는 않는다.

토마스신부의 말씀에 따르면 뭐든지(사랑을 하든, 싸움질을 하든, 뻥을 치든)영성 안에서만 하면 하느님이 다 용서해주신단다. 그가 제일 좋아하는 시구가 조로아스터의 신비주의 시인 루미의 '사랑 안에서 길을 잃어라'인 것 같은 데, 그 시의 맺음이 '지금 헤어지더라도 언젠가는 옳고 그름도 없는 사랑의 화원에서 우리 다시 만나요'였던 걸로 기억난다.

예수회 해방신학자, 진보적인 보수주의자, 포스트모더니티를 넘어서는 고전주의자, 괴테와 니체까지도 긍정하는 인문학자, 자기가 학술과 영성이 있어 토마스아퀴나스, 토마스모어에 이은 3大 토마스라고 너스레를 떠시는 분, 헤브라이즘을 순명으로 알고 따라야하지만 헬레니즘까지도 영혼 속 깊이 담아낸 성직자, 십자군전쟁에 대해 교황이 사과해야 한다고 주장하는 역사수정주의자, '고통 받은 유대인'은 엄청 사랑하면서도 '팔레스타인을 괴롭히는 이스라엘'은 몹시도 싫어하는 휴머니스트, 그러면서도 늘 예루살렘을 영혼의 고향으로 간직하시는 분, 자신이 만약 중세에 태어났다면 얀후스신부나 지오다노브루노신부처럼 화형당했을 거라며 그분들께 미안함을 간직하시는 시공초월 오지랖.

얼마 전에 신부님으로부터 이제 마지막인 듯한 e메일이 왔다. '자신도 한 인간인지라 평생 여러 크고 작은 잘못을 저지르고 살았지만, 그래도 영성의 한도 내에서 모든 나쁜 것들을 미분하려고 노력했노라. 하지만 아일랜드 작은 시골마을의 보수적인 가톨릭집안에서 태어났고, 어려서부터 성소를 천명으로 알아 섬기었기에 자신은 **평생 한 번도 그걸 못해본 남자**라서 하느님도 자기를 용서해주실 거다' 또한 '자신은 이제 모든 생生이 소진되어 조용히 선종을 기다리고 있지만, 아직까지도 **장가 한번 가보는 게 꿈**이다'라고 아일랜드인 특유의 익살을 떠셨다.

'**평생 한 번도 그걸 못해봤고, 아직도 장가 한번 가보는 게 꿈**'이라는 문구에 내 마음은 울컥하며 떨렸다. 그런 진솔함이 진짜영성이 아닐까? 나와는 반대로 사시느라 얼마나 힘드셨을까? 나는 극도의 죄책감에 휩싸이고 말았다. 하지만 그분에게는 그분의 길이 성소였고, 나에겐 나만의 길이 주어졌던 것. 삶이 너무 고통스러울 땐 니체의 금언 '**자신의 운명을 사랑하라amor fati**'가 치유를 위한 답인 것 같다.

이제 내 인생의 비행기가 더블린공항에 내릴 일은 딱 한 번 남았다. 언제일지는 모르지만 신부님의 선종미사 참여 이후엔 다시는 아일랜드에 가지 않을 것이다. 하지만 영원히 그리워하고, 다시는 만취의 죄를 짓지 않겠노라 서약하며 나의 에필로그(**객체 찌질이의 말, 하지만 언젠가 당당한 주체가 됨을 염원하며**)를 마무리 짓는다.

* * *

이 글들은 2009년 겨울 더블린에서 시작되어 2021년 제주 대평리에서 완성되었다.

P.S. 이 책은 나의 연세대학교 통일연구원 재학시절 미완성 논문 「율리시즈의 후기식민주의담론 – 아일랜드의 분단, 내전, 통일」을 신부님의 도움을 받아 산문화한 것이다. 나는 내가 해야 할 일을 충분히 다했다고 생각하며 곧 이울어질 것 같은 지친 영혼을 달래고 있다. 이제는 선종하여 영원히 R.I.P.하게 해달라는 간절한 기도를 매일같이 드리고 있지만 '아직 너무 이르니 책 한 권 더 쓰라'고 하시면, 다음 책에는 평생을 세상의 건강과 행복을 위하여 '고통의 미분'을 화두로 삼아 살아오신 토마스케네디신부님의 선악관을 정리하는 내용이 담겨질 것이며, 아마도 제목은 『건강한 행복을 위한 선·악의 단상』이 될 것이다.